PUPILA RECALCITRANTE

CONTOS DE BETO VALENTE
DESENHOS DE CABELO COBRA CORAL

PUPILA RECALCITRANTE

NUMA

Para Marília, Emanuel,
Cairo, Leon e Frida: Amor Futebol Clube.

À memória de Nilson "Primitivo" Gonzalez e Kurt Helmut.

Sem a generosidade, o carinho e a delicadeza
de Admar "Arara" Branco, Adriana Maciel,
Cabelo Cobra Coral, Gabriela Gusmão, Isabel Löfgren,
Julio Moura, Luiz Guilherme Fonseca, Maria Lúcia Teixeira
e Vovó Catarina de Angola, esta pupila
não seria recalcitrante.

Apresentação

VORACIDADE CENTRÍPETA: A ABERRANTE PUPILA DE BETO VALENTE

por Luiz Guilherme Fonseca

Os relatos contidos neste livro formam uma mandala cujo centro propulsor é o vazio – um olho cego e monstruoso que, buscando a tudo ver, acaba produzindo as mais intrigantes e inusitadas histórias. São relatos curtos, disformes, algumas vezes ziguezagueantes, relentados, como bagaço de mexerica aguando no canto da boca, noutras vezes de uma velocidade desconcertante, precisos, mas que nunca se dobram a revelar o seu mistério, se alongando com persistência após cada leitura.

De Argel à Mantiqueira mineira, de Hervik a Bangu, passando por Marseille, Acari, Paris, Santa Teresa, Lisboa, Al Dabbah e tantos outros lugares, o livro nos leva em perpétuo deslocamento por estilhaços de histórias, visões, ou a eterna contemplação de um único segundo.

Metamórfica como Euzébio, o ser que se transforma em outro, a escrita de Beto Valente é úmida e escorregadia, mesmo fúngica, driblando qualquer tentativa de captura ou classificação. Se o subtítulo do livro o descreve como sendo de contos, alguns relatos se apresentam como romance, confissão, memória, refrão, e lidos todos em conjunto (e contaminados/contaminando os desenhos miceliais e sinuosos de Cabelo Cobra Coral) parecem entrever uma delicada e engenhosa tapeçaria carcomida em alguns pontos pelo tempo, impedindo assim qualquer noção de completude.

Vasos comunicantes, cada relato parece criar novo sentido e ao mesmo tempo desestabilizar o relato seguinte, proporcionando ao leitor o encontro com a "involuntária força da loucura suprema".

Habitado por uma proliferação de bichos, lembranças, ruas, árvores, nomes, sons, imagens, e não possuindo começo nem fim, o conjunto de textos fermenta como uma grande composteira, devorando e retrabalhando os mais diferentes materiais, e tendo como únicas divisas a deriva e o assombro.

Neste livro inclassificável, Valente parece ter levado ao paroxismo a intuição metafísica de Per Sten Lindqvist, que dizia que "as páginas de uma obra de qualquer escritor, qualquer um, foram escritas em bilhões de nuances, bilhões de formas diferentes. Dostoiévski escreveu bilhões de *Recordações da Casa dos Mortos*. Eu já li vinte e três, e todas apreciei muito!".

Pupila Recalcitrante nos mostra, mais uma vez, que o grande mistério da mutação dos muitos mundos reside na potência das forças fictícias – o que quer que "ficção" signifique: a antiga e tantas vezes esquecida divindade polimórfica e canibal, o vazio, o olho cego que a tudo busca ver e, por isso mesmo, a tudo transforma.

Nem nada nem tudo começa.
Nem termina e nem meio.
As histórias: uma história.
Em uma alma, existem mil livros.

Milles Assumany, traficante de tapetes e de tudo que coubesse em sua Toyota 83, naquele momento, acelerado, cruzava Argel. Nem ele nem Gabrielle Al-Khazen, em Marselha, descendente espiritual de Al-Kahina, a rainha bruxa berbere, poderiam atentar para o grande mistério que estaria para ser desvelado no claro quarto de Abdul Baatin, em Al Dabbah, quando, em silêncio de luz âmbar, iniciava-se a transformação do mundo. Nem Moataz, no momento do discurso na Praça Tahir, percebeu as possibilidades que iriam se abrir naquela noite de revelações mágicas. Nem mesmo Temuulen, o vidente cego das montanhas douradas de Altai, auscultou algo. Só a poeta Fawziyya Abu Khalid, em Riade, distinguiu no voo de uma perdiz do deserto o que estaria por vir.

ROMANCE

I

Nunca pensara no frescor da sombra do limoeiro na hora dos ponteiros juntos. Certas possibilidades, por mais que presumíveis e possíveis, podem, numa vida, jamais acontecer. Mas naquela Quarta-Feira de Cinzas experimentou a arquitetura cítrica, e percebeu o quanto diferente eram a atmosfera e o mistério que se escondiam sob o pé galego, e quando ardeu a vontade de um mínimo espinho furar o lóbulo de sua orelha direita, veio a observação. Despronta, era verdade, mas ainda observação.

E não era observação muita, nem pouca, nem dessas difíceis que muitos se gabam em redizer várias vezes, esquecendo-se depois do come bosta: *aqui se faz; aqui, talvez, se pague*. Porque todo desvio, desviozinho, é sabido, traz consequências, graves ou não:

Um tropeço na pinguela porque maldisse o cabelo de Laurinha na festa do divino de São Thomé.

Um cair da garupa da motocicleta que cruzava o vale do rio do sapo nas terras altas de uma Mantiqueira, quase paulista-ainda--mineira por esquecer, por distração da cachaça, o xarope da Lalá na farmácia do Cláudio Remedinho.

Exemplos são exemplos. A alma humana é falha e o tempo vence, empata, perde, que é a mesma coisa, sem por nem emprestar.

II

O zumbido da mosca azul e o silêncio de água ao fundo coada em pedra de limo só era perceptível para uma mente livre, ao menos naquele momento. Segundinho. Observou os limões como quem encontra no verde-escuro poroso uma penca de memórias da terra, memórias nanicas. Mas, contrariamente, foi ao futuro numa sucessão de pensamentos bestas: primeiro queria que a poesia não ditasse o balançar das folhas, como se isso fosse impossível, depois imaginou um sol do tamanho de uma goiaba, e não sabendo por que sabendo demais, pensou nas irmãs Queiroz, Frida e em Gabriela (nessa desordem). Lembrou-se dos quatro cigarros no bolso desprovido de fósforo e desejou que fossem dois e um isqueiro *Bic* preto. Descobriu, camuflado, um bicho-pau num galho rezando e imaginou-se na pele do parente longe, Everaldo, quando fora descoberto pelo padre Osório furtando o pote de doce de leite do armário de mogno da sacristia da matriz de Catas Altas, armário esse, presente da carola Dona Carolina das Dores Bertrand, semanas depois de uma noite de pecados espetaculares.

Nada de mais ou de menos.

III

Pensamentos. Gostaria que as montanhas de Drummond fossem a Maomé. Que as vedetes da coluna social, ou a turma que tem idêntica vocação, ao menos arriscassem um amor, arriscassem amar, riscassem um nome mínimo máximo que fosse: Liz, na pedra portuguesa da calçada mundial.

Isso não durou sequer um tempo contado.

O sol espelhava os óculos escuros que filtravam a luz, que atingiam os olhos castanhos que observavam os limões em conduta de próximo suco. Uma gota de suor caiu de sua testa e se perdeu no chão de um marrom-marrom, marrom-cor daquela região. Havia uma graminha perto. Isso era verdade. Tão só, amarelinha, órfã em desassossego, desbotada e triste que não valia nem duas linhas para descrevê-la. Grama menina.

Quando a camiseta ficou presa num galhinho deslimãozado, da observação deu-se o mistério. O Motoradio que descansava junto ao tronquinho do limoeiro sob a sombra ácida, até então mudo e sem pilha (apenas na funcionalidade de ser uma companhia plastificada e inerte), ligou-se sozinho, sintonizando automaticamente na rádio Itatiaia AM, que executava, naquele momento, "Alicate", de Hermeto Paschoal, a criação artística mais sublime concebida pelo ser humano. *De lá para cá nada mais valia a pena em termos musicais interessantes*, pensou. Escutou como quem flutuava e foi quando percebeu que sua camiseta havia se desgarrado do espinho daquele galhinho e que realmente subia ao céu dos campos de uma Vargem Grande quase Serra Negra.

A melodia sublimava a algazarra das maritacas cortando o espaço entre as araucárias; o oco dos machados que ecoavam no Matão; o canto das siriemas nos pastos plenos de urutu; o som do vento azul por entre as nuvens.

A música era um Deusó.

Imaginou, e isso foi só imaginação mesmo: que era já a hora do entardecer só para combinar a obra musical em plena condução com a sua vontade de escutá-la sempre no lusco-fusco, fumando um cigarro de palha, tomando um café na frente do portão da casa que via o mundo sul mineiro. Mania que havia criado na mocidade por influência do Pereira, seu grande amigo.

Mas a hora era, ainda, a dos ponteiros juntos. O sol solava. Mudou pensamento. De cima avistou ao longe o pico do Pai da Mãe, reparou (com a atenção de quem conhece a feitura do parmesão curado) a tropa de queijo subindo os contrafortes dos Pena indo em direção à Santa Clara. Localizou pelo cheiro a nascente do Aiuruoca, descobriu a vila de Campo Redondo longe de gente sob uma chuvinha irreal miúda de regar rosas-rosa.

A obra do mago Hermeto disformava os cirros, cúmulos, stratus, o saxofone e a flauta desnorteavam os querubins-carcarás. Sentia-se livre. Voava leve, e por um instante se lembrou de que os camaradas que endeusavam Ipanema (o centro de um mundo pequeno e vazio) não conseguiriam jamais ter a dimensão do que representava aquele momento. Esses tão orgulhosos de suas frágeis epopeias artísticas desprovidas de um matinho no canto da boca (que dá sustância n'alma) teriam que comer muito inhame. Encarnações de inhames em fogo de lenha. Mesmo que isso fosse falso verdadeiro.

IV

Findou-se então a música!

Foi ao ar um reclame da Caixa Econômica Federal, chiou tudo e ele despencou, caindo no mesmo lugar: Novo Destino do Rio Macaé de Cima. Roça de Sampaios e Gusmãos. *Nada estava perdido*, pensou. Outra geografia geral do fundamento daquele espírito, mas não mais Mantiqueira.

Dois Silêncios.

Viu-se com a camiseta presa num galinho deslimãozado quando percebeu o Motoradio desligado e mudo sob a sombra ácida do limoeiro.

PER E OS LIVROS

Sobre os livros, Per Sten Lindqvist tinha uma opinião metafísica. Acreditava que todos liam o mesmo livro de forma diferente, e não porque os sentimentos, emoções e interpretações subjetivas variavam de acordo com o leitor. Não, não era isso.

– Prestem atenção, prestem muita atenção. Por favor, não se iludam. Um pouco de bom senso. As páginas de uma obra de qualquer escritor, qualquer um, foram escritas em bilhões de nuances, bilhões de formas diferentes. Dostoiévski escreveu bilhões de "Recordações da Casa dos Mortos"*. Eu já li vinte e três, e todas apreciei muito!*

Para Per Sten Lindqvist tal afirmação valia tanto para os leitores que já morreram como para os ainda vivos e os que ainda não nasceram. Os nomes das obras seriam idênticos, mas a escrita, o estilo, seriam sempre diferentes.

Para Per Sten Lindqvist tudo estava já determinado na formação da eternidade quando o jogo terreno da escrita e criação literária fora inaugurado.

Outra característica de Per Sten Lindqvist era o gosto de escrever e lançar os seus escritos às águas do Báltico, a fim de que os peixes e crustáceos pudessem compreender os humanos.

"Somente o mar é impenetrável, por isso possível", costumava dizer Per Sten Lindqvist a seus vizinhos pescadores em Hervik, nos fins de semana, quando o centro de convivência psiquiátrico da ilha de Gotalândia estava fechado. E todos o tratavam com o maior respeito.

A atmosfera estava estranha. Pensou um pouquinho e saiu do baile já morto, enterrado e rezado, cambaleando com um copo quente de cerveja na mão direita e só, sozinho. Melhor companhia no momento não havia.

Andou dez passos, puxou uma cadeira fechada, patrocinada pela distribuidora de bebidas, sentou-se sem mesa e pediu um x-tudo ao Xenofonte. Veio tudo. A memória ria séria: Paris, Antuérpia, Madre de Deus de Minas, Estocolmo, Curvelo, Marselha e um pouco de Ouro Preto. Alface veio também. Uma folhinha tão pequena como fevereiro.

Calor dos infernos e céus. Noite abafada.

Passou Motocléssius na motinha cento e vinte cinco barulhando, e na garupa, Marcilene.

Desiludiu Gerais.

Anoitou-se mais que o breu de roça em Caparaó no pé do pico. Doeu tudo. Naquela lua, Marcilene era d'outro.

Xenofonte veio perguntar se tudo estava mal. Ele confirmou. Balançou a cabeça, tensionou os ombros, trancou o corpo, disse algo não identificável, despediu-se sem se despedir e partiu sem pagar. Xenofonte nada cobrou e acompanhou com um olhar atento o amigo sumir na rua da ponte quebrada.

Amanhã seria um outro dia.

Carangola atemporal.

Esperar a resposta do vento que se aquieta em não balançar o galho daquela ideia que já dorme, e sonha há dias como cupinzeiro vazio em calor noturno de verão brasileiro.

A ideia era cascuda. Peixe antigo em rio da Amazônia ou do Laos. Coisa grande e viva. Mas agora tudo se perdeu como pique--esconde ou outro jogo infantil qualquer.

"Não queira que a sombra de tua ingenuidade faça crescer o sapo. Não sabes nada do mundo ainda." E então a aparição calou-se e foi enorme o silêncio. As maritacas, os lobos-guarás, as suçuaranas, os porcos-do-mato e as araucárias meditaram.

Depois, aquele ser amorfo entrou na máquina de luz vermelha e fumaça prateada, sumindo naquele céu azul, presente de São Pedro.

Ramiro desceu a estrada cabisbaixo. De seus pés descalços inventando sapatos, cresceu a vontade do cimento.

Quando Ramiro chegou à venda da ponte, Seu Fominha, nos fundos, terminava de contar umas cabecinhas de gado magro que fomeavam. Ramiro observou a imagem daquele homem tentando acomodar no caminhão-carroça umas figuras ossudas e chifrudas que embarcariam para depois do Matão. Ramiro não conectava nenhuma ideia a mais sobre a cena. Apenas deixava seus olhos descansarem n'outro ser.

Terminada a tarefa, Seu Fominha teve tempo para Ramiro, que o observava.

– E então, moço, vai levar de novo lenha nova?

– Vou não. Vim perguntar coisa besta, mas necessária.

– Pois fale!

– Nesse vale existe de certo uma miragem...

– Tua fé é triste...

– Triste é o senhor, que passa a vida enfurnado nestas batatas-baroas, neste quintal sujo que dá dó...

– Se não gostasse de sujeira, não viria aqui. Diga logo o que você quer comigo, Ramiro, que a sua demora vai transformar o galo Haroldo em galinha. Estou sem tempo para assuntos sem tempo.

– Encontrei com Euzébio lá na boca da mata. Depois ele voou.

– Não carece de falar mais paredes. Era isso? Eu já tinha entendido...

– Mas eu não. Desde que meu avô partiu, toda alma desse quinto dos infernos me trata como se eu fosse responsável pelo esconjuro. Até assombração parece concordar com essa mentira.

– Escuta uma coisa, menino. Vim da mesma parcela deste planeta que você. Cheguei aqui antes de Deus. Antes mesmo de teu pai. Fugindo como todos os outros. Seguindo o seu avô. Não me venha com esculhambações. Se Euzébio nasceu para ti, guarde contigo.

– Canalha!

– Quer um soco neste queixo de querubim falso, ou preferes um tiro no pé?

– Vim somente porque lhe tenho consideração, queria lhe perguntar, saber resposta sem resposta, mas no fundo desconfiava que seria ainda difícil levar conversa.

– Ótimo, comece a acreditar mais em suas intuições. Não queira que a tua ingenuidade faça crescer o sapo. Algo mais?

– Não!

Ramiro então partiu pensando nos recentes acontecimentos, e antes de chegar à porteira do Curral Velho, um canarinho da terra pousou em seu ombro, quando então ele se iluminou.

Seu Fominha sorria, observando o galo Haroldo virar galinha.

Drummond escreveu que o amor é tempo. Dostoiévski escreveu que o inferno é a incapacidade de amar. Pessoa escreveu que o amor é incontável.

Os mestres Darcy Ribeiro e Miyamoto Musashi, do clã Tokugawa, depois de uma conversa celestial, não escreveram nada, mas concordaram que o amor é coragem.

Lisboa é um romance de faca e alguidar; Lisboa não é amor, é fúria, um erro maravilhosamente certeiro, pois toda paixão é crime.

A pequena grande Lisboa, ladeiras, seus bairros, subúrbios e os sítios em volta tinham acordado nele um outro estilo.

Se apaixonou pela atmosfera, pela simplicidade da vida daquela gente de Benfica. Benfica está longe, mas, nesse momento, com clara certeza, recebe o vento do Tejo, o que é um bom conforto e apazigua a saudade.

Manuel da Ladeira continua a animar a tasca, isto é certo, a imperial da Teiota continua geladíssima, como os brasileiros gostam, isto é mais certo ainda, e Rui afina sua guitarra como quem pensa na moura, tataravó de sua tataravó, que o sobrenome Leandro escamoteia.

Isa, Ana e Zaira. Pessoas, poetas da mesma família, quase todos de Benfica, leem seus livros nas horas do café. Toda a hora é hora do café em Lisboa.

Mas foi Amadora que o fisgou como um bacalhau bobo a brincar em águas desprevenidas, longe, muito longe da entrada do porto. Amadora, suas moças suburbanas, o fado na calçada, a calma apressada daquela gente simples e o apartamento de seu irmão, Miguel, poeta como ele, com seu niilismo-lusitano-pós-romântico e com sua ironia a transformar a dura realidade em pedra-sabão.

Lisboa existiu, existe, existirá, enquanto a língua portuguesa continuar a reinventar-se em um romance de faca e alguidar.

REFRÃO DA RUA OITO

Bangu infinito. Na horizontal o oito é mais bonito.
Bangu infinito. Na horizontal o oito é mais bonito.

CENTRAL DO BRASIL

Três da manhã, o sargento Almeida atrás do muro do armazém, na rua de cima, segurava com a mão direita a pistola e com a esquerda enxugava com um lenço o suor do rosto sujo de tanta morte e do calor do Catumbi.

Três da manhã, os soldados Silva e Louzada se posicionavam atrás da mercearia enquanto os soldados Bragança e Lima se preparavam para entrar na viela onde se localizava a casa.

Três da manhã, Maranhão esquentava uma panela de feijão enquanto Celina assistia ao último capítulo da novela, gravada no videocassete.

Três da manhã, o sargento Almeida abria um saco sobre a carteira cheirando tudo sem canudo, sentindo medo do medo.

Três da manhã, o soldado Silva pensava em sua filha.

Três da manhã, passava um carro na rua de baixo.

Três da manhã, o soldado Bragança, com um chute, arrombava a porta atirando.

Três da manhã, os soldados Bragança e Lima entravam pela sala enquanto os soldados Silva e Louzada esperavam Maranhão sair pelos fundos.

Três da manhã, Celina levava cinco tiros, dois no rosto, dois na perna direita e um no peito.

Três da manhã, Maranhão fugia pela laje, levando um tiro no abdômen.

Três da manhã, o sargento Almeida, travado, corria atirando a esmo.

Três da manhã, crianças chorando, cachorros latindo, luzes acendendo, janelas abrindo, janelas fechando, gente na rua de baixo.

Três da manhã, Maranhão pulava o muro da casa vizinha, deixando um rastro de sangue.

Três da manhã, os soldados Silva e Louzada davam a volta pela rua de cima tentando surpreender Maranhão.

Três da manhã, os soldados Bragança e Lima seguiam o rastro de sangue.

Três da manhã, o soldado Louzada se posicionava atrás do abacateiro centenário, em frente à praça da barbearia, enquanto o soldado Silva, agachado, subia a rua.

Três da manhã, Maranhão sentia muita dor, mas não podia gritar.

Três da manhã, Celina não respirava mais.

Três da manhã, Maranhão ganhava a rua do templo e, encontrando o sargento Almeida, tomou um tiro no pescoço.

Três da manhã, o soldado Louzada passava um rádio para a corporação.

Três da manhã, Elizabeth Carneiro do Valle organizava em seu apartamento, na Avenida Delfim Moreira, um *petit comité* em homenagem ao novo cônsul francês.

Três da manhã, o sargento Almeida abria outro saco dentro do Chevrolet, oferecendo aos seus soldados.

Três da manhã, o soldado Silva dizia não, virando o rosto e reparando a lua que se escondia por de trás da Central do Brasil.

Morrer é necessário. Exuberantemente necessário. Não me lembro de quantas vezes morri, mas certas mortes são inesquecíveis, como inesquecível é Irene da praia. Quem conhece ou conheceu Irene confirma.

A primeira vez que morri foi quando nasci. Pode parecer estranho, mas como o tempo tende a embaralhar os sentidos, o que permaneceu foi a estranha, porém sensível atmosfera desse dia que, até hoje, permeia a minha existência.

Do que valia a pena nesse dia ser relatado, talvez tenha mais significado para mim do que para o leitor, porque o que busco é um mergulho interno como base de sobrevivência diária. Mas tal aprendizado veio depois de eu ter morrido algumas vezes, e isso demorou vida de jequitibá dar sombra em serra sem humano.

Às vezes, o som que me chega é um barulho surdo, imperceptível aos outros. Algo que é direcionado a mim, somente. Por exemplo, uma gota perdida que cai e ecoa, numa confusão de canos aquecidos de uma casa escandinava, é um aviso de que o sistema hidráulico existe.

Insignificância.

O afiar da katana no Templo de Todai-ji, em Nara, produzia uma vibração muito sutil, que somente mestre Hokado poderia auscultar, mesmo com o burburinho do povo nos dias de feira.

O ego do mestre Hokado não afiava sua espada, assim como meu ego não escuta a gota perdida que cai e ecoa numa confusão de canos aquecidos de uma casa escandinava.

Saber distinguir a insignificância não é tarefa fácil, nem difícil, posto não ser tarefa.

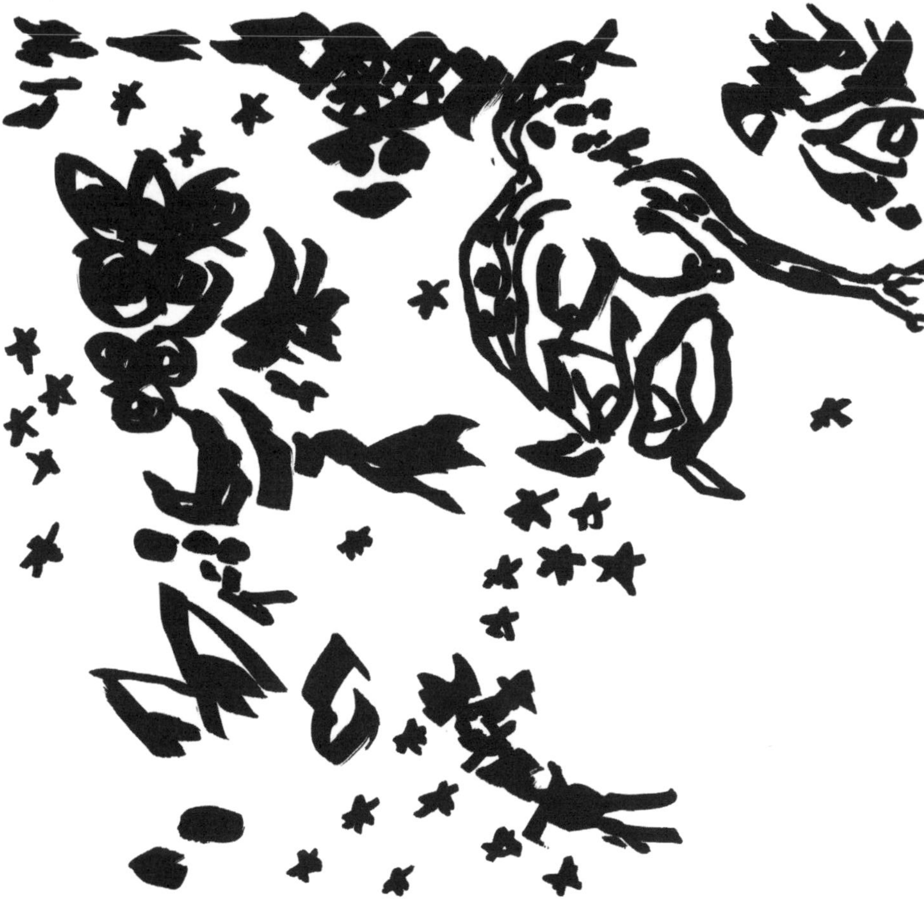

EIR

All things must pass.

I

Na madrugada, a neve caiu intensa, enorme, constante, veloz, e o vento vivo assoviou forte por entre as frestas das janelas da casa centenária de cor ocre-escuro.

Eir abriu os olhos, percebeu, fechou os olhos, readormeceu.

Despertou com um barulho de passinhos sobre o forro do quarto que corriam, de um canto ao outro, em sentidos opostos. Depois os passinhos se encontravam no meio do caminho, onde embaixo se localizava a cama de Eir, davam pulinhos, faziam bagunça, se separando novamente para depois repetirem o mesmo padrão. Com um sorriso, Eir considerou que poderia ser um casal de camundongos em namoro de pré-acasalamento. Após um tempo prestando atenção no barulhinho dos supostos pequenos roedores, tempo também necessário para que ela acordasse por completo, Eir sentiu-se pronta para começar o dia. Eir se levantou, tomou uma ducha, vestiu um roupão e desceu para a cozinha.

Sentada na bancada de madeira em frente à mesa, ao lado do fogão de lenha *mais antigo que o mundo*, como ela costuma dizer, Eir escrevia em um pequeno bloquinho de anotações as tarefas do dia em uma ordem aleatória de realização, enquanto a máquina italiana terminava de preparar o café:

Trocar os lençóis de cama, lavar as roupas, regar as plantas da sala, limpar o banheiro, preparar os dardos tranquilizantes, limpar o cano da espingarda, correr dez quilômetros (Eir riscou a palavra dez, e reescreveu cinco), cortar lenha, ver Get Back, comprar leite, salada, banana, laranja, peixe, torradas, geleia de marmelo, abastecer o carro...

De repente a atmosfera daquele domingo tranquilo mudou e uma angústia imensa a invadiu. Eir parou de escrever e o seu coração acelerou. Uma solidão a petrificou, justamente ela que adorava estar só, e essa incompreensão de si mesma a perturbou mais ainda, e os sentimentos ficaram cada vez mais terríveis, como se um parasita, habitando o seu corpo, estivesse a sugar a sua alma, a sua vida, suas vontades, e tudo veio tão rápido que ela se desesperou completamente, e perdendo-se nessa louca condição que a controlava, levantou-se da bancada de madeira e começou a andar de um lado para o outro da cozinha tentando respirar, e, sufocando-se, desconheceu aquele cômodo da casa, desconheceu onde estava. Esforçando-se para dominar o que era impossível de ser dominado, Eir apoiou-se nas paredes, geladeira, armários, fogão, com alguma esperança de não cair e perder por completo a mínima consciência que ainda tinha, quando um corvo, perto, corvejou três vezes, dissipando completamente aqueles nefastos sentimentos com a mesma velocidade que eles haviam surgido.

II

Com as duas mãos abraçando uma xícara de café quente, Eir observou pela primeira vez, através da janela da cozinha, o novo cenário, que havia mudado com a passagem da tempestade de neve da madrugada, que agora estava longe, transformando a paisagem daquele seu lugar.

Através do reflexo do vidro, viu os olhos verdes que seus olhos viam e mergulhou neles. Viu a si mesma fundindo-se em imagem com a primeira neve de inverno, fofa, nova, virgem, iluminada agora por um céu azul sem nuvens, de sol frio, que adormecia o seu jardim selvagem e que se misturava, ao fundo, com a profunda floresta de Tänndalen, seus pinheiros, freixos e carvalhos.

Eir ficou um tempo tentando traduzir o recente acontecimento, sem medo de não conseguir obter qualquer tradução. Algo tinha acontecido, ela sabia, mas agora Eir era paz e queria que esse sentimento permanecesse.

Começou a cantar baixinho "All things must pass" e realizou o quanto amava esse homem, o quanto desesperadamente amava essa canção.

Os galhos do pequeno jasmineiro, nu no jardim, dançavam com o vento, e ela imaginou que, também, o jasmineiro amava George Harrison. Eir sorriu.

III

Novamente o corvo corvejou três vezes, e, dessa vez, Eir quis ver onde ele estava. Chegando a cabeça mais perto do vidro da janela da cozinha, Eir o descobriu na boca de uma raposinha deitada de lado, embaixo da mesinha de ferro do jardim. Quando a raposinha percebeu que Eir a observava, ela abriu a boca e deixou o corvo livre, mas este começou a pular sobre a raposinha, tentando bicar a sua barriga. A raposinha desviou o olhar de Eir e, deitada com as quatro patas para cima, se concentrava, agora, em tentar pegar o corvo no ar, e virava o corpo de um lado para o outro, seguindo os movimentos do pássaro negro. O corvo, então mudando a sua tática, começou a bicar, insistentemente, o rabo da raposinha que, se protegendo, sentou-se, redirecionando de novo a sua atenção para Eir. Nesse momento, o corvo percebeu Eir e, num pequeno voo, se posicionou sobre a cabeça da raposinha, ficando também a observar aquela mulher atrás da janela. Eir realizou que aquilo era uma brincadeira dos dois, e fechando os olhos recomeçou a cantar "All things must pass" se afastando da janela, iniciando uma dança na cozinha com a xícara de café na mão, como se esta fosse o seu par.

None of life's strings can last, So I must be on my way, And face another day, Now the darkness only stays at night time, In the morning it will fade away, Daylight is good.

A xícara ia da mão direita para a mão esquerda enquanto Eir rodopiava imaginando que, agora, dançava com George Harrison, e levando a xícara perto de si, jogou seus longos cabelos castanhos por trás do ombro direito e esperou que aquele homem sussurrasse algo que ela gostaria de escutar, e que beijasse o seu pescoço.

A dança transformou-se em uma epifania, e Eir, completamente absorvida, não conseguia parar de cantar, e agora na sala, sentiu um calor maravilhoso no corpo; sua voz rouca conduzindo a melodia deixou que a sensualidade desamarrasse o seu roupão que agora, livre de qualquer laço, balançava aleatoriamente desvendando partes do seu corpo.

Na frente do espelho da sala, ao lado do piano, dançou para a imagem daquela linda mulher seminua, de peitos enrijecidos, que emanava desejos até o momento de a música acabar em seus lábios... *All things must pass, All things must pass away.*

Quando Eir terminou a canção, correu de volta à janela da cozinha para ver se o corvo e a raposinha ainda estavam lá. Eles haviam sumido, e os desenhos da brincadeira dos dois na neve tinham desaparecido; tinham sido substituídos por rastros de pegadas humanas que vinham de longe, de alguém que havia vindo da floresta, e que terminavam em frente à sua janela.

Eir fechou os olhos.

Sim, todas as coisas devem passar. Anestesiada, sedada, envolvida por um sentimento de amor que a tomou por inteira, veio o pensar em como ela adorava aquela casa, os poucos vizinhos que tinha, os raros encontros com os seres humanos, a floresta de *Tänndalen*, os constantes encontros com os animais de *Tänndalen*, o lago de *Tänndalen*, o inverno, a neve, a primavera, o verão, o outono, os seus livros, discos, o seu trabalho como bióloga nas montanhas de *Tännäskröket*, e, do outro lado, as montanhas mágicas na fronteira com a Noruega.

Bateram à porta, Eir sorriu, deixou cair o roupão no chão, e correu para abri-la.

O PADRE

A noite apagou a sombra do limoeiro desenhada pelo sol no muro interno do pátio da igreja.

Mas isso foi antes.

Padre Suarez nunca gostou de relógios, e por isso se fiava sempre na claridade do dia e nos barulhos e silêncios do escuro para toda e qualquer atividade.

Juan de Consuelo, feliz, trocando as pernas num andar vacilante depois de inúmeros tragos de *Varadero Oro*, passou desafinando um bolero antigo pela rua da pequena igreja.

Com a saída de Juan de Consuelo, Clemente fechou a sua bodega, e a porta de ferro do estabelecimento comercial, carregando todo o peso da humanidade, desceu ao chão ecoando por toda a cidadezinha.

Depois morreu tudo, e mesmo dois cachorros latindo longe em comunicação de madrugada, mesmo tentando, não conseguiram ressuscitar nada. Momento em que o nosso pio personagem se preparou para a sua prece noturna.

No pequeno claustro, padre Suarez fechou os olhos, levantou os braços e, como se estivesse em comunicação direta com o Criador, disse para si em voz baixa de confessionário:

– Agora, a felicidade!

E acendeu um Monte Cristo.

O vento trazendo tempestade próxima encontrou um besouro pesado em princípio de namoro na figueira da praça e o levou com força, sem maiores traumas, apesar do fim de seu romance, até a janela onde a felicidade se traduzia em fumaças celestiais.

Depois de consumir metade do charuto, de joelhos, em frente ao pequeno oratório de madeira (que quase flutuava, de tão belo e puro), posicionado sobre o criado mudo ao lado da sua cama, padre Suarez segurou o crucifixo, fechou os olhos, pediu a Deus piedade para as suas *ovelhas* e rezou um Pai Nosso. Se levantou e deu dois passos em direção à estante ao lado da porta.

Buscando algo atrás da grande Bíblia em capa de couro de bode, presente da senhorita Melba Garcia de Trinidad, encontrou, com seus longos dedos, uma garrafa:

– *Ora pro nobis.*

Na prateleira superior da estante, atrás do porta-retratos com o Papa sorrindo, o quase santo puxou um copinho de vidro, depois se sentou na cadeira de vime posicionada em frente à mesa de mogno, de frente para a janela onde o besouro, do lado de fora, descansava de seu voo torto.

Encheu o copinho com o líquido milagroso e, de uma vez só, numa Ave-Maria-Madalena, tragou-o rapidamente.

A liturgia se repetiu algumas vezes. Vieram os cânticos em louvor a ela, a musa em segredo, quase casta. O estado onírico trouxe os sonhos de olho acordado. O suor da saudade.

– *Vita est divinum miraculum!*

Os santos desceram dançando juntos com todos os orixás caribenhos.

Guardou em seus devidos lugares o copinho e a garrafa. Soluçou duas vezes, disse mais alguma coisa, dessa vez em um enigmático latim, retirou da Bíblia a foto da senhorita Melba Garcia de Trinidad que marcava a página do início do Gênesis, levou a foto aos lábios, beijou-a e guardou no bolso da batina.

Nesse momento, um primeiro trovão fez tremer a cidadezinha.

Bebeu um copo de água da moringa, abriu a pequena porta da direita do armário de roupas onde, internamente, se localizava o único espelho da igreja, viu-se refletido qual imagem e semelhança de Deus, ajeitou os óculos, e perguntou para si:

– *Estás pronto?*

Nesse momento, o segundo trovão fez tremer toda a ilha de Cuba.

Abriu a porta do claustro e, cambaleante, ganhou o pequeno corredor que dava para a nave da igreja.

Quando o padre Suarez Hernández Moreno subiu ao altar, o terceiro trovão fez tremer o mundo, e um raio divino, depois de estraçalhar um dos vitrais laterais da pequena igrejinha, o atingiu na fronte, no exato momento em que o besouro pesado voava de volta para a figueira.

Morreu com um sorriso carbonizado, segurando com a mão esquerda a foto da senhorita Melba Garcia de Trinidad.

"O Teatro possui a dor de ser o outro; o Teatro é o dilema entre ser o que não se é, e não ser o que se é..."

Depois de três minutos, a frase estava decorada. Agora estava faltando a interpretação, pensou Marianne: "*Seria melhor ter um cigarro entre os dedos? Cruzar as pernas tendo a mão direita apoiando a cabeça quando eu estiver sentada no sofá? Com uma taça de vinho ou com uma taça de champagne? Ó senhor, me ajude*".

Tais elucubrações tomaram um tempo enorme naquela tarde vazia que procriava tristezas no pequeno apartamento de fundos, de frente para a parede do edifício vizinho, do terceiro andar sem elevador da *Rue Bellot,* quase esquina com a *Rue de Tanger* no 19º *arrondissement* de Paris.

CONFISSÕES ALCOÓLICAS

Paris, *Porte de Montreuil*, alguma data antes do inverno de 2003, por volta das duas da manhã ou três, não sei mais. Só menos.

I

A história da humanidade caminhou descabidamente até aqui, instante miserável da existência de um ser humano, para que meus sapatos ficassem coloridos com meu vômito de vinho, com pequenos flocos verdes de um pistache duro e indigerível, e que mesmo minhas vísceras, tão acostumadas a uma podridão alimentar cotidiana, não conseguiram, com seus sucos gástricos, dissolver.

Nessa noite esquecível, plena de luzes borradas em uma rua vazia com sons que me chegam de uma festa perto, e de alguns carros que cortam, longe, a cidade, a minha cabeça roda em um carrossel gigante e veloz, em um parque de diversões imaginário e angustiante, e esse retrovisor onde apoio minha mão esquerda, enquanto a direita está, a metade, dentro da minha boca e a outra metade fora dela, é o único suporte físico, moral e espiritual que possuo no momento.

Me vejo confuso e cheio de esperanças desesperadas, um poeta sem palavras, um cineasta sem imagens, com seus pensamentos desconexos e aleatórios. Um tonto que acaba de sair de uma festa somente para vomitar e encontra, em um retrovisor de um carro, o reflexo de alguém que ele não conhece e conhece muito bem.

II

Je suis dans la merde! Não!!! Na-na-ni-na-não... por favor... s'il vous plaît! Silvio Plé! Não! Autossabotagem, agora, não! Não nesse momento, meu chapa... nesse momento, não... respira com calma... assim... isso... sente o seu corpo e respira... isso... assim... calma... vomita... isso... devagar... assim. Para! Para! Desse jeito fica difícil! Isso está parecendo aula de yoga.... que desagradável... silêncio!... me escuta... está me escutando? Vamos lá, de novo... vomita de novo e respira... devagar... respira... assim...

III

...quem está do outro lado deste espelho? Sou eu? Sim! Você... alcoolizado... bêbado... muito bêbado... sem um centavo no bolso, com vários filmes incompletos e os poucos terminados, viajando sem rumo... sem rumo... meu Deus! Como você é desorganizado... que loucura...

IV

Esse seu cinema experimental... como dizer... precário... precário... cheio de gambiarras... cheio de falhas... muitas, muitas... e... com muita verdade também... também? ci-ne-ma de ver-da-de com ver-da-des de men-ti-ra... Sei lá... verdade? É isso mesmo que você acha? Sei lá... sei lá... ai, minha cabeça... respira... e você sempre cheio de respostas... saídas rápidas para as perguntas cretinas dos outros sobre os seus filmes:

"Mas como você consegue trabalhar com baixíssimo orçamento? Você não usa luz? Você usa o microfone da câmera? Como você conseguiu essa dimensão? Seria melhor você procurar um produtor, não?"

Não! O seu cinema é caboclo! Isso... o meu cinema é cafuzo... mameluco... Produtor para quê? Pelo amor de Deus... quantas perguntas cretinas... Você gosta muito dessa palavra, não é? Cretina... cre-ti-na... e representa bem quem pergunta... Não seria melhor você procurar um produtor?... Não, não, não... ...Olivier te ajuda... muito.... e olha... olha, presta atenção... silêncio... silêncio... presta atenção... quanta paciência ele tem com você... você... você, que é um caso psiquiátrico... um caso clínico... você sabe disso... sabe muito bem... você é um ser complexo... com-ple-xo... ne-xus... ple-xus... você é difícil, amizade... ô... você não é fácil, malandro... confessa... confessa... Olivier te entende... dê graças a Deus... Jesus, Maria e Josué... José.... E agora, José?... Não! Produtor nenhum... nada seria melhor agora nessa cabeça cheia de uva fermentada... e deste... e deste pistache que parece feijão cru.

V

Meu Deus... que festa é essa que ainda dança e se esforça para não morrer em uma guilhotina afiada que decepa mais que todas as que existiram entre Besançon e Brest... em tempos longínquos... em tempos longínquos? Mas que português é esse? Agora não... agora não é hora de filigranas linguísticas... filigranas linguísticas? Pare com isso... agora não! Pas maintenant, mon cher!!!

VI

Você está engordando... essa é a verdade... e nem beber uma boa cachaça mais você pode. A última foi no Brasil... meu Deus... com o Nilsão... Nilsão Primitivo... Cadê você, brother? Cadê o seu cinema fantástico? Nilsão, Nilsão... Revelando seus filmes na banheira depois de filmar com negativos vencidos... deixar que o acaso seja o guia, mestre brother Primitivo? Que coragem! Você, sim, é um artista... poeta das imagens... nunca vou me esquecer do que você me disse uma vez, irmão... ficou marcado... marcadão... Mercadão de Madureira... como é que é? Peraí, peraí...:

"Se fosse pra eu fazer filme bonitinho, perfumadinho, eu iria preferir ser vitrinista da C&A"

...estou rindo muito aqui, irmão... sensacional... mas é claro... Resumiu bem a turma do cineminha Chanel carioca... só você mesmo para alegrar esse estado lamentável em que me encontro... ou melhor... me desencontro... Não!!! não... espera, espera... não foi com você não, irmão... a última cachacinha que tomei foi com o Paulista... onde foi, onde foi... deixa eu me lembrar... espera, espera, está vindo... na Glória, na Glória... isso, foi lá... no samba da Glória... há dois anos exatos... exatos? Tem certeza de que você pensou essa palavra? Presta atenção... nesse momento, não... nada é exato agora... só a fantasia da objetividade... e ainda por cima... se esqueceu da física quântica?... física quântica? Não viaja não, cara... respira... dá um tempo... assim... mas foi com o Paulista... isso é certo... e aquela nossa parceria, Paulista? Aquela canção... ah, que beleza... uma joinha:

"Quero que meu filho tenha/os olhos da mãe natureza/ castanhos da beleza divina/ vermelhos de tanto enxergar/ Quero que um anjo desça calmo/ em correta correnteza/ e lance sua flecha com a certeza/ de quem tem o dom de acertar/ À noite só a luz das estrelas/ perceber o meu lugar/ a cada passo gira o tempo/ imagina se o tempo não passar/ Quero que o cinema seja a paz/Quero que o silêncio seja jazz/Quero que a música faça o sol queimar..."

Que maravilha, Paulista! Esse poder que a música tem... esse poder de conexão com a saudade... saudade é música... a palavra saudade deveria ser cantada... deveria existir uma lei ortográfica para isso: "artigo primeiro e único: a palavra saudade deverá somente ser cantada." Até melhorou aqui... nem sei se... deixa pra lá... o importante é que a gente gostou da canção... se os outros gostaram, não importa... nem exporta... importar, exportar são assuntos para os burocratas... nós execramos os burocratas... sim... nós temos só essa parceria... mas... mas quantas nós não fizemos? E por quê, Paulista? Porque era tudo muito intenso... era isso... não é, meu irmão?... mil novecentos e noventa... cravados... onde tudo começou... e depois toda uma década, décadas... fase heroica aquela do CEP vinte mil, proto-CEP... MC Chacal, dinossauro, o pai que é irmão e Zarvos, Zarvoleta, o irmão que é filho... criadores, criaturas... Epicentro de toda experimentação poética... terremoto... Big Bang... Rejubilai-vos! Guiga Levy, Boato, Pô, Ética!, Alex Hamburguer, Emmanuel "irmão" Marinho..., a Nina e a Nina... as Ninas, Martoca, Aninha, Marta Bonimond, a fã número zero... Joe Romano, passarinho punk... Joe chegou depois, mas veio antes de tudo... arquétipo Joe...

VII

Você precisa beber água... água é a medicina... já dizia seu avô Reinaldo... Vô Reinaldo... Vô Reinaldo ouvindo música caipira em seu quarto, às seis da manhã... o Motoradio baixinho... achando que nós não o escutávamos no quarto ao lado... Diguinho, Gugu e eu... Vó Maria da janela da cozinha observando os canarinhos-da-terra livres, amarelinhos, cada passarinho tinha um nome de gente... Waldir, Marilda, Benevides... os sabiás no mamoeiro... no terreiro da casa 191, terreiro e barranco... barrancos da rua da mina... barrancos das nossas invenções de criança... aquela meninada toda, aquele povo mineiro... maneiro... o povo todo subindo e descendo a rua em paz com aquele sol dourado das manhãs fresquinhas... o laranjeiro, o padeiro de bicicleta com as broas de milho, o vassoureiro, o verdureiro... Elaine, Liliane, Cristina, meu primeiro amor, Melequinha, Manelzada, Henrique Nanico, Juninho, Zé Domingos, Serginho Ananias... as porradas com a turma da rua da cadeia na subida do pasto... terceira guerra mundial na mão... ninguém morria... ninguém sangrava... só as crianças sabem guerrear... a alegria que dormiu no tempo... a mais de trinta graus acima dos quatro que fazem aqui agora... Que friaca... ainda outono e vai piorar... vai piorar... muito... muitíssimo... esse tal de inverno... doctor winter? Hello, doctor winter! Ele ainda nem chegou... chama ele não, chama ele não... terrível, completamente terrível... vai piorar... onde é que eu botei o maço de cigarros?

VIII

Estou um pouco melhor... melhorou... graças a Deus... Nada como um bom vômito... tenho que escrever isso: "nada como um bom vômito"... mas... quem era aquela mulher com quem eu dancei quando a música estava ainda decente? Quem era ela? A namorada do DJ? Linda, doce, simpática, mas com um olhar de esfinge Tebana... "Decifra-me ou te devoro"... devora-me!

IX

...e Maurice, que precisa beber para se sentir vivo, e eu, que preciso não o seguir para não morrer diariamente. Maurice... você me serviu alguns copos nesta festa... bebeu demais como sempre... e depois ficou com medo que eu beijasse Marianne... a sua namorada, rapaz? Claro que ela é um estouro... mas você acha que eu faria isso? Faria?... com medo de que eu a levasse para a cama, para casa... ou que eu a chupasse no banheiro, como aquele casal fazia na festa... e você, Maurice... você... de boca aberta vendo a cena e... que estupidez, rapaz... você tem a mesma idade do que

eu e essa situação te faz sonhar ainda? Você tem desejos com isso? Fala sério... Um casal que se exibe em um banheiro fétido de uma festa? Onde você está, Cabelo, meu irmão filósofo, poeta das boas horas das madrugadas ferventes da cidade mágica, mística, abençoada por mil entidades... nas horas em que as panelas estouravam na cabeça da geral é que eu gostava de te escutar, Cabelo... sempre com o seu chapéu-touca... invenção sua, como a poesia que escreves. Você, sim, tem coisas a mostrar, a dizer a Maurice.

X

Onde está minha mulher? Mas como é difícil viver a dois... conceder, dividir... ah... o nosso romantismo já era... babou... já foi... C'est fini! Se eu lhe entrego a via láctea, ela vai querer sem lactose... é melhor quando se namora... mas vamos falar sério... não... eu não fui legal com elas... não, não fui... não que eu tivesse sido poligâmico... mas nunca consegui ser monogâmico por muito tempo... não... e me apaixonava por uma durante um relacionamento com outra, e então as histórias eram sempre dolorosas... enfim... me lembro de todas, como se elas estivessem na festa dançando comigo... nessa festa a mais de cinquenta metros de onde estou, a colorir a calçada dessa rua...

XI

Como é que eu vou fazer? Eu estou imundo... sem nada para me limpar... nem um mísero lencinho... preciso ver meu rosto de novo... deixa eu ajeitar esse retrovisor aqui... peraí... eita! Que coisa horrível... que imagem desoladora... todo sujo... boca... bigode... casaco... e se eu for para casa? Deixa eu pensar... se eu pegar o metrô... mas o metrô está fechado... a pé! Não dá... quarenta minutos nesse frio, nessa madrugada, você não consegue... Dane-se... preciso beber água... água que passarinho não bebe... preciso ressuscitar aquela festa... isso... cabeça para a lua... dignidade... Ouroboros! Renovação e eternidade... assim... assim... vamos nessa, mon frère! Como se chama a namorada do DJ?

Nessa manhã manhosa. Chuvinha fina. Cansaço de prosa e cachaça de ontem que virou hoje, penso em meus avós. Da infância tenho a lembrança da feitura da gemada da vó Maria e de nós, seus netos, em volta da mesa da cozinha escutando suas histórias simples em voz calma, e de meu avô Reinaldo, no quarto, que fingindo escutar seu Motoradio, também prestava atenção. Mas vovô gostava de Alexander Graham Bell e de suas invenções. As histórias do inventor eram para outras horas, e se davam na varanda da casa à tarde, antes e durante as chuvas de verão. Gemada e Alexander Graham Bell não se misturavam na ladeira da rua da mina.

Uma promessa de silêncio em música, sem melodia, em uma madrugada estrelada de dezembro.

Escreveu o poeta em letras mínimas indeléveis: vida e morte.

Após essas duas observações, o galo cantou um bolero e acordou Diguinho na roça, em Cunha, em um estado de São Paulo, São Petersburgo, São Francisco, Los Angeles, São João de Porto Rico e São José da Costa Rica.

Conseguir perceber no chão de terra batido o terreiro mundial ajudaria Mãe a não mais pensar em seu filho, longe uma vida, para sempre longe, uma vida: vida e morte.

Através da prosa, quase sempre com um copo de café quente sobre a mesa, temos maiores possibilidades de redesenhar o passado sonâmbulo. O dormido, dorme. Um andar do esquizofrênico na calçada quebrada de Copacabana, Cairo ou em Castilla y Léon funciona como um desequilíbrio necessário, primordial e principal de qualquer existência humana, desumana e transumana. Viver fora das páginas de jornal é tarefa de extrema necessidade. O amor da Moura me iluminou de brasa. Isso deu-se em 1135. Não me lembro onde. Não posso nem afirmar que fora essa a data. Minha memória é atingida por espasmos de guerra e amor. A Moura, Lesoto, Letônia ou os destinos do mundo todo, pingando na testa de toda a gente ao mesmo tempo. Orvalho também é outro suor.

Esse era o texto que Olufá Timbokité auscultou quando enchia o tanque de sua motocicleta, com leite de cabra inventada das montanhas, em uma tarde de domingo depois do evento com facas e flores. Era uma imprescindibilidade mística. Olufá Timbokité sabia mais do que todo mundo sabia, e ninguém sabia, sabiá ou avião voando sobre o quintal de Diguinho na roça, em Cunha, em um estado de São Paulo, São Petersburgo, São Francisco, Los Angeles, São João de Porto Rico e São José da Costa Rica.

A questão era: descobrir um jeito em que todas as coisas pudessem ser reunidas em uma única letra e, então, depois, todo um alfabeto.

O causo que irei relatar agora talvez seja o mais espetacular que acontecera com José Firmino, *umas das pessoas mais engraçadas do mundo* de acordo com Vavá da Farmácia (quem nunca havia saído de Miraí, o seu pequeno mundo enorme). Mas antes de o leitor começar a entrar na história do nosso personagem, reza a tradição que o trago de uma boa cachaça é recomendado para tais ocasiões, para tais relatos.

Pode-se beber no frio do Serro ou no calor de um janeiro de meio-dia no Alto Caparaó, na varanda da casa de Olguinha em Pedra Dourada, no terreiro de Gabriela e Andrezinho no Novo Destino, na praiazinha da Janaína em Maricá, na cozinha da Fazenda da Mata no Matão (enquanto o arroz não está pronto), no trem que vai de Valadares para Belo Horizonte, na roça do Ramis em Cunha, na lagoa de pedra do córrego Saci, em Simonésia, em Guaçuí, na fazenda Santo Antônio, em Muriaé, na praça em frente à casa do Renato *Phil Collins* ou em Campo Redondo, na primeira e única venda a quinhentos metros, mais ou menos, depois do sítio Araucária, como quem vai em direção à Serra Negra. Em outros lugares, agora, neste momento, não é aconselhável o trago da branquinha. Claro que os momentos mudam o tempo todo: agora-antes-ontem-depois, mas esta página, bem compreendido, não mudará.

Apenas uma observação: se a venda depois do sítio Araucária estiver fechada, pode-se também tomar uma cachacinha excelente no próprio sítio. Não é necessário conhecer o proprietário. Todos são recebidos de braços abertos.

Mas, vejam vocês, acabei me esquecendo do causo do José Firmino.

O cão raivoso que dilacera o braço de John Roy M'Ean, a bala que adocica a fome de Josué Garcia, o analgésico contra a dor do padre, o santo que se espatifa na procissão do Serro em noite de tempestade, o nascimento de Abidemi sem a presença do pai, o murro na mesa que espanta o covarde, a cidade de Lidingö sob a neblina do outono, o grito do verdureiro que acorda Giuseppe Fabbri, o amor de Mireille chegando de trem a Marselha, o voo do Pato de Crista sobre o Rio Ganges, a feira Maya de Chichicastenango, a ponte de Seritinga que desaba no dia do casamento, matando a sogra de Felisberto, o noivo. Felisberto, depois, deu graças a Deus. Isso me contou um amigo.

O filho de Felisberto nasceu torto.

E o meu espírito, agora, na capelinha do século doze, no centro de uma cidade perdida entre dois museus e tristezas maravilhosas, abraça uma paz temporária.

Imagens sonhadas na véspera de Pentecostes.

Leonard "Big Blue", veterano surfista, morreu nas ondas de *Banzai* na Costa Oeste de *Oahu,* mas o oceano é pacífico. Foca azul, o grande guerreiro *Inupiat*, atravessando o estreito de *Bering*, morreu de saudade, mas o oceano é pacífico. *Nara, Goku e Sasuki,* com cartas de amor no bolso, afogaram-se no *tsunami* de *Sendai,* mas o oceano é pacífico. Em *Tijuana, Alejandro e Dolores Dias* sucumbiram com dois tiros no peito tentando chegar a *San Diego,* mas o oceano é pacífico. *Mohamad e Amina, a*gora com sede, fome e frio, em um bote improvisado de pneus *Pirelli*, rezam ao profeta para que a *Guardia Costiera* os encontre no Mar Mediterrâneo.

EUZÉBIO, O SER QUE SE TRANSFORMAVA EM OUTRO.
(AS VISITAS)

O silêncio ficou mudo e a noite desceu intacta. Não se via nada que um cego enxergasse. O corpo saindo da alma – até o último fio – nos braços necessários da morte. Tudo nem ninguém, coisa alguma percebeu. Por isso a literatura nos salva.

I

Seu Fominha desselou a égua Branca em terra conhecida e mudada. Foi recebido por Dalmo com uma carabina nas costas, faca na cintura e um aperto de mão. Abraçou a alegria da viagem naquele instante. Estava em terra irmã, segura e magnífica.

Escutou, nem perto nem longe, o córrego da araucária velha brincando na pedra. A hospitalidade do amigo que o recebia esquentou um café de panela na frente do frio. Seu Fominha agradeceu. Olhou na face de Dalmo, que esperava uma prosa, e disse o certo por outros meios:

Me chamou; vim. Se não houvesse convite, ficava feliz onde estava. Mas aqui a minha felicidade é um tanto maior. Era a hora. Sei que minhas moças estão bem e agradeço por isso. Agora que estou nesses campos, o passado dormiu. Eu nunca durmo e não pode haver tristeza em festa alguma. Coragem é montanha, não briga com a geada e São Benedito marcha comigo.

Dalmo sorriu e concordou com a cabeça em silêncio de respeito. Não há muito o que relatar sobre o depois. Apenas se sabe que a festa reuniu todo o povo do Matão. Trezentas nuvens para a frente, Seu Fominha partiu com a mãe, filha e mulher, que eram uma só. Nas terras altas, há muita confusão nos sentimentos.

II

Chegaram então as flores, e o esturro das suçuaranas no cio acordaram as abelhas. Da Serra Negra, numa tarde de sol cansado, Dalmo avistou se aproximar voando a pessoa-coisa Euzébio, o ser que se transformava em outro.

– Tarde.

– Sempre há tempo, Euzébio. Vamos chegando.

– Trouxe as encomendas de Maria Lúcia. Emanuel mandou carta, prima Loanda, um fubá de bandeja, e para Marília e Rafaela trago uma pedra da lua.

– Agradeço. Como estão todos lá embaixo?

– Em tamanho de espera. Anísio anda falando de sua pessoa. Parece marreco d'água quando se erra a mira. Mas já mandei mensagem; na próxima vez, vira linguiça.

– Deixa se afogar esse aí.

– Certo. Vaidade é um escrito que se lê e depois se apaga. Borracha! Trouxe um tatu de hora e meia.

– Então hoje vai ter aguardente.

III

Há que se estar sempre preparado para a chegada da pessoa--coisa Euzébio, o ser que se transformava em outro.

Isso demora uma escola. Cada um tem seu tempo. Foi assim que ensinei meus meninos; é assim que eles ensinam meus netos.

DESCONTO

Mamãe me pediu para esvaziar as duas garrafas de cachaça que estavam embaixo de sua cama antes que ela chegasse de volta de São Lourenço. Era um domingo de manhã, me lembro bem. Ela voltaria no dia seguinte com papai, que estava no hospital desde o mês passado.

"Pneumonia dessas poderosas, levadora de pessoas para o outro lado", como disse tia Holanda.

Mamãe me pediu, ainda, para cuidar de meus irmãos, para que todos nós tomássemos banho, para esquentar o feijão, arroz e carne que estavam na geladeira, e para estender a roupa de cama no varal e arejar o nosso quarto. Eu não sabia o que significava arejar, mas respondi que sim. Não falou mais. Beijou nós quatro e desceu pela estrada até a curva do Tadinho, quando apareceu a Brasília verde do tio Arnoldo. Ela entrou no carro e partiu. Foi a primeira vez que ficávamos sozinhos. No dia seguinte, mamãe voltou só. Papai nunca mais voltou. Foi a segunda vez que ficávamos sozinhos.

Ahmed está armado em amor. Um homem-bomba de chocolate e flor. Todo dia, quando Ahmed passa pelo *checkpoint*, o soldado Amnon o humilha. Mas Ahmed está armado em amor. Um homem-bomba de chocolate e flor. Todo dia, Ahmed passa pelo *checkpoint* para se encontrar com Aadila, e o soldado Amnon sempre o humilha. Um dia Ahmed explodiu e o soldado Amnon explodiu com ele. Ahmed nunca mais passou pelo *checkpoint*, Amnon nunca mais o humilhou e Aadila morreu de amor.

Em Kiruna, que é lugar real no mundo, como em Moçambique, como em Acari quando escorre a gota de suor em um dedo no gatilho, como no Templo de Oxumaré, numa cidade no sul do mundo, não há mais jeito.

Kalil, em Tit, sonhou que era um desses que partia para combater os grandes, e por isso se juntava aos pequenos, porque *"só estes são representantes de uma verdade inesquecível"*, dizia.

– *Só os pequenos são fortes, só a revolta viva é poesia. E poesia é coragem. Sim, poesia é coragem!*

Kalil, em Tit, sonhou que carregava um fuzil nas mãos e olhava o céu sem nuvens, nos cinco minutos de descanso entre o fim de um cigarro e a sua sorte. E isso se deu no momento em que os tanques apareceram por sobre a colina marrom-areia. Exatamente quando Abdul-Qadir tornava-se, novamente, Deus. Com seu fuzil, Kalil, de Tit, saudava memórias para seus milhares de irmãos no céu de Alah quando escorreu a gota de suor em um dedo no gatilho.

Eram homens queimando, correndo pela colina, morrendo sem amor, quando não houve mais jeito.

olhos de
ouriço

Londres, 5 de maio de 2005.
Casa do irmão Tutty.

Estou com ansiedade. Ela habita o quarto que não é meu. Veste minhas roupas e está nas horas de meu relógio. Simples assim, como comprar um *ticket* de ônibus da zona dois no mercado indiano da esquina.

Mas nada de trabalho ainda. Trabalho, que não é bom, nada.

E essa moça de ontem, de antes de ontem, da semana passada? Com seus cabelos azuis a me enfeitiçar. Linda bruxa que quis voar sem vassoura e, montada em um aspirador de pó, limpou a casa que não é minha. E quando eu disse que não era preciso, ou que eu poderia fazer essa tarefa, ela me transformou em um sapo. (Quase duas décadas depois, eu iria descobrir que o sapo se chamava Alfred). Cinema e literatura são coisas legais.

São nove e dezenove de uma manhã nublada, e essa moça dos cabelos azuis teimando em fazer teatro em meu desassossego. Mas será que é ela? Faz dez dias que alguém que amei seis anos me disse *au revoir* em menos de um segundo.

Todas as moças são flores, bruxas, e eu, um jardineiro ansioso.

A PUPILA RECALCITRANTE

I

Um livro onde os personagens não sejam heroínas ou heróis, nem singulares nem plurais, mas que possuam a involuntária força da loucura suprema. Um livro onde alguns contos não tenham começo nem fim, abrindo possibilidades para a imaginação dos leitores. Um livro onde o escritor, ao escrever, se sinta como se estivesse a tocar no piano uma melodia dodecafônica-hipnótica, para toda a humanidade que queira escutá-lo, resumida, provavelmente, a dois ou três leitores.

Talvez a coruja do ártico que vive no sótão se interesse também por essa melodia, que, em realidade, nada possui de dodecafônica ou hipnótica, não podendo nem mesmo ser considerada melodia, até porque o conhecimento técnico do autor em relação a esse instrumento é terrivelmente desastroso.

II

Pode ser que o silêncio mundial fantástico que se instaurou com o corte na testa de Euzébio, o ser que se transformava em outro, quando desandou a sangrar na festa de São Benedito do Matão, possa ter sido a fagulha inspiradora para que o autor começasse a pensar no livro, mas não em escrevê-lo, o que vem a ser uma coisa bem diferente. Mas é bom deixar claro e registrado que Euzébio, o ser que se transformava em outro, naquele momento de dor, se convertera à eternidade mística, e Anísio, o seu algoz, não teve tempo sequer de perceber o erro fatal que havia cometido.

Euzébio, o ser que se transformava em outro, só não morreu porque viveu para sempre. Anísio morreu dias depois nas mãos de outro autor que o pegou emprestado.

III

Será fortemente possível que a ideia de escrever este livro tenha nascido após o autor, inexplicavelmente, ter perdido quarenta por cento da sua capacidade de visão do olho esquerdo: a pupila recalcitrante tentando enxergar a memória atemporal.

IV

Poderia este livro de contos ser lido por todos? Até por Anders Nilsson, escritor e professor de alemão aposentado, que nas madrugadas congelantes do inverno de Dalarna, na Suécia profunda, escreve cartas de amor para Nadila Bemouch, a cartomante, em Beirute?

Quando Anders Nilsson jurou que nunca mais iria ler e escrever nenhum livro na vida, *"nem que o diabo beije minha boca"*, foi no exato dia em que seu romance "Neve ardente" fora recusado pelo editor Lars Linqvist, da mais conceituada editora de Estocolmo. Por isso deve o leitor não interpretar a supracitada afirmação diabólica como uma verdade absoluta, pois a emoção do momento em saber o seu livro preterido, acrescentado a um porre de *whisky* sul-africano sem gelo, deram uma cor a mais à descabida jura.

Feitas tais considerações, sim, este livro de contos poderia ser lido também por Anders Nilsson.

Já para Nadila Bemouch, a cartomante em Beirute, apesar de muito ter lido as cartas de amor de Anders Nilsson, e por ele ter se apaixonado, este livro não seria recomendado a ela, aliás, livro algum, pelo fato de Nadila ter ficado cega na grande explosão em agosto de dois mil e vinte.

Escutamos silêncios dos leitores sobre o breve relato acima. Tristes e complacentes silêncios. Silêncios de acordar surdos. Ou seriam tais silêncios o barulho da geladeira influenciando sonoramente as linhas do texto?

O autor, então, se sensibiliza e recolhe Anders Nilsson e Nadila Bemouch da tristeza antes escrita e os contempla com um conto apaixonado e eterno, porém secreto que, por isso, não poderá, aqui, ser lido.

V

Com a vista um pouco cansada pela luz da tela do computador, o autor convida seus dois filhos e sua esposa para um passeio em volta do lago congelado de *Kottla*, delegando a escritura do livro, momentaneamente, ao sapo Alfred ou à Lilly Blåberg, que são dois espíritos gêmeos, dois seres em um.

VI

Verão. A chuva chegou trazendo um frescor extraordinário, alegrando os narizes humanos com o odor da terra úmida, ouriçando os melros; inebriando os alces, veados, raposas, lebres e esquilos; matando a sede dos carvalhos, das bétulas, das macieiras e dando vida à tábua de madeira talhada *"Lilly ama o troll sem pernas"*, encostada em uma das paredes da casa de ferragens do autor. Até o sapo Alfred – que assim Lilly Blåberg o batizou –, o qual, em realidade, nem existe de forma viva, mas apenas no universo alucinante de Lilly Blåberg, o que já o faz ser mais vivo que muitos seres vivos, pulava de alegria com a chegada das chuvas.

VII

O autor, por ser muito intenso, escreve os dois últimos parágrafos deste conto antes da sua aposentadoria-compulsória-literária-momentânea, posto o seu interesse ter-se voltado para um romance niilista finlandês sem título, intraduzível, obra dificílima com facílima possibilidade de desistência de leitura, até porque o autor não fala, lê ou escreve finlandês.

VIII

Quando o cansaço apita na fábrica do espírito, é hora de todas as ideias repousarem, e isso acontece algumas vezes ao dia, mas nem sempre tal percepção é descrita. O som é irresistível e silenciosamente anestesiante. Um não existir sonoro que reverbera alto e grave. Primeiro percebem-se as mãos começando a pesar os dedos. Depois a inspiração some, os sentidos se dispersam e esses avisam que irão, em pouco tempo, se fechar, se trancar para aquilo que está sendo criado.

Com mestre Daodibá, o alfaiate, não há cansaço em sua fábrica do espírito, muito pelo contrário. Pontualmente às oito horas da manhã, de segunda a segunda, mestre Daodibá abre a sua pequena alfaiataria improvisada sob o milenar baobá que vive gigante na praça central de *Sandogo*, e senta-se em sua poltrona de veludo verde-escuro à espera do primeiro cliente, que certamente chegará transformando um pequeno problema no zíper, na bata ou na aba da saia em pressa de conserto. Mestre Daodibá, então, com um sorriso sincero, transformará, com muita alegria e dedicação, a pressa em calma, e o problema, em solução.

– Seu Emanuel?

– Estou ouvindo, Vitorino.

– O Dalmo disse que a pedra do Matão tem uns duzentos anos. É verdade isso, seu Emanuel?

– O que você acha, Vitorino?

– Ah... deve ter mais de duzentos, né, Seu Emanuel? Uns trezentos, talvez. Muito mais, não.

– Entendo. Você conhece bem essa pedra, não é, Vitorino?

– Ah... desde que eu nasci, né, Seu Emanuel.

– Pois é a idade que ela tem, Vitorino!

Para Cairo, Leon e Frida.

Primeiro transformem essas camas desse quarto mal-iluminado numa rede de varanda em roça alta-Mantiqueira em tarde de sol. Isso se faz com o estalar dos dedos. Imaginem o cheiro do café de bule fresquinho que a mãe de vocês está a preparar. A fumaça subindo por entre as telhas. Fiquem em silêncio um minutinho e tentem auscultar por detrás do zumbido das abelhas o sonho do urutau longe, na trilha para a Serra Negra.

Sim, Cairo e Leon, o cheiro do café e da chuva misturados depois de lavar a pedra da ponte. Coisa magnífica.

Reinaldo Valente, o bisavô de vocês, ficava um tempo de cozinhar feijão por trás da grade da varanda, a esperar pela chuva que traria o cheiro do paralelepípedo molhado para toda a casa. Ficava por trás da varanda a observar o aguaceiro lavar toda a rua da mina, até encontrar com a água da Belo Horizonte e, lá embaixo, no Vasquim, descer menor parte pelo bueiro e maior parte continuando caminho até se misturar com o barro da Santa Luzia, que, chegando à Matriz, alimentaria de marrom o Carangola.

Já fomos longe, e ainda é só comecinho, mas o que deve ser escrito é outra história.

Dos meus sonhos eu vivi e vivo ainda todos eles. E todos foram e ainda são maravilhosos. Embora com seus tios, Moura, Gabi, Pereira e Cabelo Cobra Coral, eu tenha vivido umas histórias que nem sonhando imaginaria.

Quebre palavras partidas.

Bote o futebol na ordem que a rapaziada vai festejar no Zito.

– *Essa batida já foi melhor!*

Quebre palavras.

E lance as sílabas na boca sem dente do poeta das mil rimas.

– *Valha-me Deus, Zito, que essa batida já foi muito melhor!*

Quebre palavras e pernas. Com a turma do Zito não tem parada. É violão, dominó e capoeira. E encontro com as meninas sábado à noite, se não chover.

– *Zito, se amanhã chover, vou lá no Claudim tomar outra batida, porque essa daqui não está com nada! Aí, Nestor, já experimentou essa batida? Está uma bosta!*

Quebre a lâmpada para fazer noite de lua. E foi quebradeira pauquebration.

RELATOS DE RODOLFO

I

Amanheceu aqui em casa, dentro do quarto, fumado de cigarro, e foi a comprovação de que Deus existe para qualquer um sem fé como eu, mesmo fedendo a vodca às sete e meia da manhã.

Amanheceu e a luz refletiu na televisão.

Foi o melhor programa dos últimos anos, ver o dourado incidir sobre o cinza da tela e observar atravessar sobre o eletrodoméstico a formiga Jandira com uma perna quebrada por mim antes de ontem, depois que eu a descobri na pia da cozinha almoçando a barata Ingrid, morta de calor, há dois domingos enterrados.

Mas minha vida, não sabia, estava para tomar um rumo desproporcional e magnificamente magnífico. Porém, necessário é, antes de qualquer quase coisa, transcrever escritamente os dias que antecederam esta transforma-ação.

II

– *Mas então o pão não é para todo mundo? É isso? E o Evangelho, seu descrente?*

Quase me atrevi a aplicar um golpe de *aikido* no Seu Irineu da Padaria que me impedira de entrar em seu estabelecimento só porque eu estava nu, com meu chinelo de dedo do Superman, e na mão direita uma escopeta de plástico da Estrela.

Dez minutos depois, acompanhado por dois policiais, me dirigi à delegacia-local-24hs onde me serviram um pão zumbi que morava a mosca Adélia, grande amiga naquelas horas difíceis da minha humanidade.

Após um telefonema a cobrar e de tomar uns telefones do escrivão Réroud, apareceu meu irmão para me resgatar daquele estabelecimento estadual civil e com cara de enterro me disse que a nossa avó Vozinha tinha morrido naquela madrugada e de raiva matei a mosca Adélia com meus dentes-desafiados-caninos e sei que foi pura covardia.

No carro semiemprestado-para-sempre-de-um-amigo de meu irmão, eu via a chuva bater no vidro daquele domingo e não pude conter meu choro, ajudando um Deus ateu a molhar a cidade do Rio de Janeiro.

III

Quando recobri a inconsciência e mais dois minutos de banho, relaxei relax.

Nunca tinha prestado atenção no Frank e, naquela tarde mesmo, comecei a escutá-lo com aquela linda voz de locutor de programa da Rádio Itabaiana AM.

Que maravilha que era Frank, mas fui interrompido por Dona Almerinda, a síndica, que morava no cubículo 287.

– *Você mijou na minha porta, seu infeliz!*

Eu disse que era um absurdo tal acusação e quase a derrubei com a força de meus pensamentos medievais que aprendi nas Edições de Ouro, mas a Dona Almerinda me acertou o dedo mindinho do pé esquerdo com a sua vassoura ultra-afiada de piaçava seminova antes mesmo que eu pudesse levá-la ao chão. Fiquei triste com o fato de ter sido injustamente caluniado. Mas, na verdade verídica, eu tinha é derramado cerveja vencida em sua porta, porque estava experimentando atrair bactérias amigas para o nosso andar.

Passei araldite no dedo machucado, ferido, quase minimamente ensanguentado e colei um band-aid na araldite para garantir que não iria pegar um tétano agudo-maxi-fatal e continuei a minha audição de Frank, que tinha sido recomendado por um vizinho-ator e sósia de Ronnie Von.

Pelo finalzinho da tarde, dormi e sonhei com minha avó Vozinha e ela mortinha sonhou comigo.

Fui acordado, então, com o miado ao vento do gato do Teixeira.

Teixeira era um vizinho-morador-invasor de uma das oitenta coberturas de meu pardieiro-cabeça de porco-imóvel.

IV

Bebi um ovo, cortei as unhas dos pés, dei cachaça para as plantinhas e recomecei de novo novamente minha audição do superlegal-simpático-esquisito Frank. No exato momento em que meus ouvidos se fixaram na primeira estrofe da primeira canção do elepê, a campainha não funcionou e por isso escutei alguém batendo na porta. Era o Teixeira, que, chorando copiosamente, me pedia ajuda, pois seu gato dessa vez havia conseguido o que sempre almejara: ir para o céu-felino-carioca.

Teixeira estava inconsolável. Pedi que ele entrasse, e como não havia uma cadeira em pé, ele sentou-se no chão, quase em cima da pulga Otacília. Eu não sabia o que fazer para acalmá-lo. Recitei Altemar Dutra, expliquei o sentido da palavra "oriundo", escutamos Frank ao contrário na minha radiola-digito-analógica, vimos a trilogia do Sergio Leone num DVD pirata e nada, nada acalmava seu desespero. Teixeira abriu-se comigo e dizia que não sabia mais como melhorar a relação com seus gatos. Era o sétimo que havia cometido a automorte. Ele não conseguia entender, embora achasse o sete um número curto-extenso-simbólico. Tentei então explicar que os gatos eram assim mesmo, individualistas, kamikazes, japoneses, mas não adiantou. Ele admirou o fato de que meus insetos nunca suicidavam. Me disse também que eu era um bom educador destes minúsculos animais seminojentos, embora ele desaprovasse certos assassinatos que eu cometia. Eu lhe disse que eu também desaprovava e chorei de culpa e garanti que nunca mais iria praticar tal ato vil com meus amiguinhos multipernados. Choramos então os dois. Mas como a inteligência trabalha sozinha, tive a grande ideia de propor ao Teixeira que ele iniciasse a criação de Lagostim da Louisiana, conhecido nas bocas científicas como *Procambarus clarkii*.

– Teixeira, não existe prova de suicídio entre estes crustáceos! Morou?

Foi como uma luz num show do Zeca Pagodinho em Xerém. O Teixeira se iluminou, quase virou santo e me agradeceu muitíssimo. Ele então começou a repetir: *Procambarus clarkii, Procambarus clarkii*, que se transformou em um samba de meia nota, muito do ruinzinho, diga-se de passagem, *"en passant"*.

O Teixeira, para comemorar então a minha genial ideia da inteligência, chamou duas amigas que trabalhavam na Sociedade Protetora dos Animais e a festa só foi parar na hora que a Dona Almerinda, a síndica, apareceu querendo participar da orgia com o escrivão de polícia Réroud. Pensei rápido no gatilho e depois de uma breve meditação zen do Zimbabwe, expulsei minha mágoa e celestiamente disse sim. Quando a festa recomeçou, Dona Almerinda mostrou-se uma *expert* na arte entre quatro paredes que em casa só tinham três e todos se divertiram deveras.

V

Naquela noite, pensei em compor uma serenata-tecno-funk-clássica em homenagem à minha querida avó Vozinha e ao gato do Teixeira, mas a inspiração foi interrompida pelo zumbido frenético e irretocável de Afrânio, meu escudeiro amigo e inseto-besouro.

Afrânio, como sempre, chegou sem avisar, característica peculiar de sua linhagem *Scarabaeus sacer*, vulgarmente conhecido por rola-bosta. Pousou de cabeça para baixo sobre os restos da sardinha pescada pelo mendigo-filósofo Tibirilsom da Pesada na praia de Botafogo, sardinha esta que fedia maravilhas sobre o fogão imundo e quase humano. Vendo tal cena não pude conter minha felicidade. A pulga Otacília pulava de alegria. Depois de tantos falecimentos, receber a visita de Afrânio era uma dádiva.

Não sou louco. Não. Sou louco. Mas não tenho o dom de Tibirilsom da Pesada que pode conversar com os peixes pescados, com as gaivotas doente-terminais e com os camarões pernetas da linda Baía da Guanabara. Não existe, em minha pessoa, tal serventia. Mas posso compreender os insetos, suas idiossincrasias, traumas e devaneios. Afrânio era um grande amigo. Esperei Afrânio almoçar as sardinhas, descansar de seu voo cego e surdo, e, neste intervalo em homenagem à cidade de Pindamonhangaba que nunca fui nem irei, plantei um pé de jaca no pé da mesa torta da sala. Como Afrânio era muito educado e esperto, voou em direção à pequena e futura jaqueira, e, com certas sobras de bosta que carregava em suas patinhas, adubou a sementinha com carinho e amor de inseto.

Passamos quase todo o resto daquela noite juntos, mas lá pelas vinte e três horas e doze minutos a formiga Jandira apareceu mancando de seu esconderijo-aparelho secreto de algum lugar de dentro de meu travesseiro e, enciumada, começou a beliscar as pernas de Afrânio. Afrânio, como é um escaravelho sensível, me disse que iria voar-embora. Quase trucidei esta formiga, mas lembrei-me da promessa que tinha feito ao Teixeira de nunca mais assassinar nenhum serzinho insetal e somente petelequei-a, que foi cair sobre a semente de minha jaqueira recém-plantada.

Simbolismos.

Afrânio decolou, e pelos meus cálculos de *expert* em voos besourais, pareceu-me que ele iria em direção ao Méier. Lembrei-me, então, de Vanderlady, uma antiga ex-namorada quase-pré-noiva-minha que morava na Rua Dias da Cruz e os doces odores de lençóis suburbanos confortaram a falta de meu amiguinho voador.

Fui para a sacada com minhas lembranças e contemplei o entardecer desta cidade, que é algo indescritível. Por isso não tentarei descrevê-lo.

VI

No outro dia, quase na hora da nova novela das oito que é nove, o telefone não tocou, mas o Teixeira gritou da janela: *Atendeaíô!* Dirigi-me ao banheiro e, olhando para a privada e para meu membro-superdotado-principal, não consegui entender o significado daquela misteriosa frase Teixeral. Como sou muito perspicaz, fui até o apartamento do Teixeira e perguntei o que estava acontecendo e ele me perguntou por que eu não atendi o meu telefone. Eu lhe disse que o meu telefone estava morto, e ele se lembrou de seu gato e chorou um Amazonas-Ganges-Guandu imaginando a dor do bichano se espatifando no chão. O chororô do Teixeira foi continuando e aquele melodrama aumentando e então eu me irritei profundamente com a situação e acabei enfiando meu dedo indicador direito, apesar de ser canhoto, no olho esquerdo daquele ser humano quando o sangue sujou a minha camiseta estampada "*I love Astatsudamasaida*". E com um grito e poderes psico-psíquicos eu parei aquele sangue todo: *Para de jorrar, chafariz!* E o Teixeira defecou nas calças, e suas fezes escorreram e sujaram meu par de tênis puma-nike-bamba desbotando-os todo.

Foi a gota de álcool. Brigamos. Como eu estudei na juventude três minutos de artes múltiplas marciais, com uma pernada derrubei o Teixeira, que se desequilibrou. Ele estava quase caindo pelas alturas altas quando consegui segurar sua mão e o recolocar sobre o piso que era de pedra São Tomé, só vendo para crer. Ele agradeceu, mas fingindo-teatro logo se mostrou quem era e tentou dar um soco em meu fígado-engordurado, mas eu me esquivei e ele desequilibrou-se novamente e, dessa vez, nem Deus-ateu lhe teve.

Percebi que, na queda em câmera lenta, ele sorria em poder encontrar o seu falecido amigo gato.

Sim, Teixeira morreu, mas uma coisa não saía de minha cabeça superavançada: O que ele queria afinal? Foi quando, vasculhando seu apertamento antes de a polícia e de o escrivão Réroud chegarem, descobri aquilo que iria representar a mudança da minha vida nos próximos alguns segundos para sempre e que se transformou em belezura muito maior que Sagarana-Sertão Veredas do brother Rosa.

VII

Depois de confiscar o porquinho-cofre que continha duas moedas de vinte e cinco centavos, um pacote de açúcar mascavo vencido e alguns palitos de dente usados com pedaços de carne de porco e pão, encontrei sobre o criado-mudo-perneta de Teixeira um manuscrito sem título "As cinco patas do amor" com um bilhete: *Rodolfo, leia, não empreste, não venda, não penhore e me devolva o mais rápido impossível. Depois conversaremos. Teixeira Junior Filho Neto.*

Eu já escutava quase longe quase chegando a sirene da polícia a caminho do corpo Teixeral reconhecidamente irreconhecível na calçada copacabanense, mas não conseguia desgrudar de cola meus olhos naquilo que parecia ser uma obra-prima-irmã, póstuma, a menos que Teixeira ressuscitasse.

Com a técnica de leitura dinâmica que o mendigo-filósofo Tibirilsom da Pesada me ensinou em um retiro na esquina da Rua Nilo Peçanha com Avenida Rio Branco, consegui ler as três primeiras linhas em seis minutos daquele que seria o livro da minha vida-morte-e-possível-retorno-karmico.

A sirene estava agora embaixo do prédio e a polícia certamente iria subir para averiguações científicas médico-ilegais. Consegui colocar toda a herança involuntária do Teixeira num saco plástico das casas Sendas, onde morava um casal de piolhos vesgos, agarrei o manuscrito com toda a minha força aí, bicho, e desci pelas escadas quase levitando, já iluminado à pilha *Rayovac*, com a aura conectada àquela obra que já estava em meu organismo, em minhas artérias, em meus movimentos peristálticos, em minha vida que começava a dar terras, fogos, águas e ares de mudança.

CARNAVAL MOLOTOV

Um filho nu de Ogum na Praça Paris esconde um punhal de flores. Por detrás de seus temores há um colar de giz. Desenhada na rocha negra do cais, uma marca, uma escritura, uma figura jaz. Do outro lado da cidade, uma senhora atravessa a morte, sentindo-se com sorte de partir desse chão.

Um filho nu de Ogum, sem mapa, encontra a rua em festa, mas um tiro na testa tira-lhe a atenção. Fogo, ardência em um vermelho escarlate. Um estandarte carrega o louco. Sua memória é um pouco de seu coração.

Andaraí, Vila de Cava, Arpoador. É o Carnaval Molotov, assustador Carnaval Molotov.

CONFISSÕES ALCOÓLICAS

Paris, *Gare de Lyon*, 20h, segundo dia do mês de maio de 2004.

Miguel, cadê você? Cadê a tua figura, a tábua de salvação para meus dias tristes? Cadê a piada em teus olhos, meu irmão querido? Cadê as histórias dos amores de Lisboa? Trazes contigo? E os pastéis de nata? Salvação. Mas onde estás, português sem alma? Sei que não gostas da tecnologia, mas nessas horas um telefone faz falta, Miguel. Estou a te esperar há duas horas, e comecei a beber alguns conhaques em sua homenagem e, agora, não consigo sair dessa mesa. Estou aqui, companheiro, nessa *Gare* onde ninguém se conhece, onde todos partem, todos chegam, menos eu, que fico, em homenagem a você. *Gare de Lyon*, com seus relógios pontuais, mais pontuais que o *Big Ben*, mais pontuais que *Greenwich*. Mas o que *Greenwich* tem a ver com isso? Eu gostaria que o *Big Ben* fosse uma grande confeitaria portuguesa. Imagina, Miguel: a cada hora em que os pastéis de nata saíssem do forno os sinos dobrariam em toda Lisboa. Mas eu sei que não é possível, nem com seis conhaques na cabeça seria possível. Onde está o teu trem, Miguel? Onde está o comboio lusitano que atravessou todo Portugal, Espanha e, depois, parte da França? Atrasou? Existe esse comboio lusitano, ou é somente uma força de expressão do momento? Perdeste a hora? Cadê você? Eu estou com o seu e-mail impresso aqui no bolso:

Irmão, sabes que não gosto de escrever em computadores, por isso vou ser breve. Chego dia 2 à Gare Montparnasse, às 18h04min. Mete umas cervejas no frigorífico.

Abraços,
Luís de Camões de Benfica.
Gare errada, irmandade certa!

Viriam, então, os homens e seus objetos, dejetos e prisões. Viriam os espaços por se alongar e um samurai do futuro cristão. Viriam as culpas, as Amazonas, os anjos, os pescadores e verões, para diminuir a febre da vida. Viriam as torres, cristais e martelos. Viria a escrita e os números. Os mouros. Os fenícios e seus mistérios marítimos. Os batráquios e seus estudiosos. A lã. O algodão e a morte. Viriam todos de toda sorte. As estradas e o ferro. Viriam todos em consciências diversas. Em pressa de construção. A preguiça. O pato. A lagartixa. E a Bahia seria apenas um não cartão postal antes da invenção da photographia.

Seria a iniciação do fruto. A experiência dos Deuses. E os poetas, que aqui estariam antes do antes, fariam suas malas de couro de rã. E como os pássaros, migrariam para outro destino. Outro que não este. Ao lado de suas famílias e filhos. E desvendariam o grande segredo. E fariam da nova comunidade uma escola da santa paciência.

BORBOLETA INVERTIDA

I

"Alô, vamos receber...Vai cantar o que meu filho?"

Os óculos escuros escondiam um olhar de Medusa moderna, impossível e traiçoeira como uma noite sem fim a encubar serpentes. Com um sorriso perverso de vitória em seu campeonato íntimo alopático, a górgona lançou a sua peçonha:

– Você tem um tumor no seio da face!

– Um tumor, doutora?

– Sim!

– Mas era uma sinusite até a semana passada...

– Isso foi antes da radiologia!

"Abelardo Barbosa, Está com tudo e não está prosa, menino levado da breca, Chacrinha faz chacrinha, Na buzina e discoteca. Ó Terezinha, Ó Teresinha, é um barato o casino do Chacrinha" by surround implodindo memórias desatentas, depois suor, pressão arterial, pressão, opressão, confusão, disfunção da vida láctea (como um prelúdio de uma hecatombe particular), música circense, a queda errática do trapezista, movimentos de humanos-cães ensinados nas calçadas descalças, dançarinas em melenas luminosas esbravejando no meio da passarela, a virgem tatuada se dissolvendo na nuca do marinheiro escandinavo sob a lona, atores, detratores, amadores sem amores, como em um filme mudo sonoro, tudo em um breve resumo, e então uma detonação, Pou! Susto, irrompimento, incompreensão, aceitação, e, por fim, uma frequência do ogã confirmado do terreiro.

– Que tipo de tumor?

– Infelizmente eu não posso afirmar, mas analisando a radiologia existe uma pequena possibilidade de ser um *inverted papilloma...*

– Uma borboleta invertida!

– Como? Enfim...caso seja esse tipo de tumor ele é benigno, mas não fique muito confiante.

II

Pieridae Duponchel, Anteos Menippe, Ascia Monuste já voavam em órbitas multicores no seio de minha face, porém fora uma Borboleta do Manacá, verde-clara-quase-transparente que, escapulindo do latim, num mortal carpado invertido, quebrando recordes metafísicos sensíveis tropicais por todo o consultório frio de freezer, num voo misterioso e de paz-por-enquanto, conseguiu ventar um certo equilíbrio àquele meu descompasso.

Sem poesia, Rosa ou prosa a Medusa recomeçou o seu perverso *script* virando o olhar em minha direção, mas eu o desviei olhando para o chão, porque pedra ainda não:

– Vou encaminhá-lo ao "Instituto", eles marcarão uma consulta, coletarão uma prova para a biópsia e lhe darão novas informações.

– E quando será essa consulta?

– Talvez na semana que vem, não posso afirmar, talvez demore...

– E a biópsia?...quanto tempo demora para chegar o resultado?

– Pode demorar de quatro e seis semanas, não sei.

– A senhora não sabe muita coisa, doutora.

– A consulta acaba aqui, boa sorte.

III

Foram alguns dias desprovidos de ponteiros, que podem ter durado semanas ou segundos, onde eu tentava me acostumar com a possibilidade do câncer presente-futuro, em uma tranquilidade ensaiada de me imaginar íntegro e forte para uma possível batalha que quase maculou uma paz tão bem guardada, necessária para essas emergências. Mas o eco na gruta, caverna ou pântano, lugares que, quando pequeno, eu imaginava serem as moradas da tristeza e da morte, irmãs siamesas que andavam de mãos dadas nos meus medos infantis, não reverberou, e isso acordou memórias de um sono sem despertador de Leme, Rio de Janeiro, Guanabara, com Nara Leão, Chico Buarque e Wilson Simonal na vitrola constantemente, musicalmente, dançando um odor de pipoca e maresia que subia ao nosso andar levado por um vento praieiro dos anos sessenta e setenta que escondia nessa maquiada inocência a barra mais pesada, o brasil que ia pra frente, oh, oh, oh, oh, oh *My God*, as propagandas do Banco Nacional, os professores do colégio jesuíta doutrinando a filosofia verde oliva, uma malta compactuada com a perversidade, truculência e cizânia, e as vezes surgiam algumas primas, tios, que eu não sabia da existência, e ficavam pouco tempo no nosso apartamento, e depois partiam sem terem chegado, sem o tempo de eu os conhecer melhor, e eram todos muitos gentis e nervosos com seus cigarros sempre acesos, a andarem de um lado para o outro no quarto dos fundos de persianas fechadas, a olharem pelas frestas de tudo, em um Rio fervente de Nelson Pereira dos Santos. Nenhuma luz entrava naquele cômodo, nenhuma luz saía daquelas almas marcadas, e eu gostava de saber que tinha muitos parentes.

IV

À espera: do avião a jato no aeroporto de Ouagadougou, do barco de Pepera no igarapé do laco, dos números da sorte no bordel *Lover Dragon* de Bangkok, do último suspiro no Gólgota, do bárbaro beijo em Bogotá, da consulta médica no "Instituto", da agulha da vitrola, em seu tempo dilatado, descer até *Home is where the hatred is* na voz de Esther Phillips, da encomenda do Rimbaud, Beauvoir, Balzac e Michaux ser enviada de algum ponto do hexágono francês, dos amados da Bahia pegarem o barco em Ilhéus, de digerir a leitura necessária das "Ideias para adiar o fim do mundo", do mestre Krenak, enquanto há desejo de vida e amor, enquanto persiste a espera do resultado da biópsia, e enquanto a morte, sendo a única impossibilidade das pessoas possíveis, resolver se sou impossível ou não.

V

A companheira, uma borboleta escandinava, cantou uma pedra portuguesa:

– Vamos para Lisboa, você e eu, as crianças ficam com a minha mãe, você precisa de umas férias!

– Muito fixe!

É necessário inventarmos mais Pessoas, Portugais, Eças e Saramagos dentro da gente. Seria, também, ibericamente imprescindível a prosa com o irmão Jasmim Rodrigues. Viver não é preciso.

VI

Enquanto o lobo não vem, fora combinado que os gêmeos nada ficariam sabendo, nem dessabendo. Somente os pais percebem este paradoxo. Eu até tentei esconder um elefante atrás da vassoura da cozinha, mas meus pais descobriram a mágica mequetrefe. Já os irmãos, esses sabem tudo antes do início de tudo.

O tempo segue o tempo. Em algum momento as coisas tristes, animadas, inanimadas, inventadas, reais são preenchidas com outros troços, trecos, e sempre haverão de existir lápis e papéis para o tal confere, ou uma caneta desfigurando um poema na invenção de uma noite acordada: Amor Tumor. Que Oswald de Andrade não me perdoe!

VII

Um leito hospitalar, em um plano sequência insano, passeia por todo o "Instituto" com suas rodinhas de ferro a fazer barulhos de falta de óleo. Corredores iluminados, em um tom sem Jobim, desalegres, áridos, impessoais, contribuem para uma invenção do não cinema, mas ainda cinema. Elevadores digitais com pressa de presa não podem demorar-se. Carrinhos-quase-robôs, seguindo uma linha azul discreta no chão, distribuem alimentos nos quartos daquele labirinto abstrato. Quase esbarramos em dois deles. Eles apitaram. Uma simpática enfermeira é a motorista daquele leito, ou a operadora daquele angustiante *travelling* perfeito. Ela conhece o ventre da besta. Eu pergunto se ela havia feito aulas de direção e ela ri um riso com dentes.

Sim caros leitores, a borboleta invertida era benigna, e sendo benigna ou indulgente, humana, piedosa, generosa, misericordiosa, caridosa, bondosa, benevolente como os dicionários de sinônimos apregoam, para que a necessidade de a retirar do seio de minha face? Com esses inigualáveis adjetivos eu seria um ser humano melhor. Eu teria aprendido a planar mais com ela, eu seria então um lepdopterologista apócrifo dos melhores da praça, mas não é assim que a banda toca na moderna medicina de mármore. "*Maestro, qual é a música?*"

A enfermeira no meio do *travelling* recebe uma ligação telefônica e me avisa que os cirurgiões estão atrasados. Ainda existe uma esperança, uma borboleta invertida.

O LIVRO DE NATANAEL

(Conto moralista norte-fluminense)

I

O Natanael escreveu um livro. Um livro de poema, Tereza. Uma belezura. Ele escreveu sobre os passarinhos, sobre as mangueiras nos pastos, as flores, os bichos da mata, escreveu sobre as estrelas, a chuva, o sol, umas coisas bonitas do céu, coisas de muito sentimento, Tereza. Tem uma dor também no livro, mas é uma dor que não dói, Tereza, uma dor que alegra a gente e faz a gente não ficar triste, sabe?

Ô Amâncio, eu nem sabia que o Natanael sabia escrever e você me vem com uma novidade dessa, homem de Deus. Agora eu fiquei sem entender nada.

Sabia escrever não, Tereza, mas entrou na escola da ponte e começou a estudar com o professor Marcondes e não falou nada para ninguém. Nadinha. Todo dia depois da carpintaria ele ia pra escola. Em seis meses aprendeu todo o abc. Foi surpresa pra todo mundo, até pra Das Dô. Escreveu um poema pra ela, Tereza. Coisa de embelezar qualquer pessoa. Poema de amor, Tereza.

Que coisa, Amâncio. Natanael é poeta, é? Escreveu um poema pra Das Dô, é?

II

Quer mais café?

Bota só mais um cadim, Tereza. Só um cadim. Obrigado.

III

E como é o livro? Ele vai vender?

Deve de vender, mas o livro ainda só existe no papel, com uma letra bonita, Tereza, redondinha, coisa bem-feita, sabe?

Sei. Então o livro ainda não é um livro, mas vai ser um dia, talvez, né?

Tem talvez não, Tereza. Ele vai imprimir lá na gráfica do Anastácio quando a pandemia acabar.

Entendi. Que coisa... poema de amor.

Amâncio, vou lá na Tonha e volto mais tarde. Tem feijão e arroz na panela ainda quente, me liga se precisar.

Vai, Tereza. Fala pra Tonha que amanhã eu passo lá pra consertar aquela cerca dela. Não esquece a máscara!

Tá. Tô indo.

Vai com Deus.

IV

Tonha, ele nunca escreveu um poema pra mim. Casados pra mais de quarenta anos e nunca escreveu um poema pra mim.

Ô minha irmã... para de besteira. Tinha graça! Vai dar encrenca depois de velha, é? Amâncio é um homem bom, bom marido, bom pai, bom avô, amigo de todo mundo, homem sem maldade.

E você acha que eu não sei disso, Tonha?

Então, se você sabe, aceita ele do jeito que ele é dê graças a Deus, Tereza. Homem que conversa com as galinhas, com as plantas, que tem jeito com os animais, que ajuda todo mundo. E desde quando precisa escrever poema pra mostrar o gostar, Tereza? Eu, hein!?

Verdade, Tonha. Ai, meu Deus, eu acho que eu estou precisando é de um cigarrinho daquele que você fuma. Tem aí?

Claro que tem. Gostou, não é minha irmã? Vou enrolar um que quem me trouxe você conhece.

Conheço, é? Quem é?
O Natanael, Tereza!

V

Voz lantejoulada de locutor de rádio do interior:

Ao sair da casa de sua irmã, Tereza andou até a praça central e sentou-se no banco em frente ao coreto para arrumar as ideias e os sentimentos. Banco de cimento com reclame antigo da farmácia Freitas. Reclame escrito em pedras coloridas, já desbotadas pela chuva, frio e sol. Banco onde ela e Amâncio deram o primeiro beijo sem jeito na festa da padroeira. Lembrando esse dia, um sorriso escapuliu na face de Tereza e um ribeirão de amor invadiu o seu coração.

Sim, caros ouvintes, a memória é um livro escrito ao contrário. Agora, com vocês, "Na paz do seu sorriso", do Rei Roberto Carlos. Um oferecimento: Panificadora Aurora, pães quentinhos a toda hora.

TERRA FRIA

I

Estava na ponta da pedra e, reparando as estrelas, parou o olhar naquele silêncio infinito. Surgiu uma ideia. Uma luz Dalva: fingindo deslocar as galáxias, encontrou um buraco moto-contínuo no centro delas. Liquidificador. Mudando a última sílaba, acrescentou a palavra alegria. Depois, veio tudo. Toda uma vida. Cinema rural.

II

Zona da Mata Mineira. Carangola quase Caiana, Espera Feliz, Lacerdina, Faria Lemos, Pedra Dourada, pastos e montanhas. O bambuzal da pedra da mina pleno de laços de fita e nomes esculpidos com amor e canivete. A Fazendinha das Freiras. As duas quedas em Borboleta. Para se chegar até o Cruzeiro era preciso, à moda dos antigos, ter permissão de Dona Maria da Maria, a cega que tudo enxergava:

– *Ô Dona Maria da Maria. Para modo de subir no pasto, vossa pessoa concede licença?*

– *O menino é filho de Tomate? É filho de Marília? É você, Lindinho? Pó subir, pó subir em paz. Hoje tem boi bravo. Cuidado com as serpentes.*

Éramos sempre cinco, seis, oito, doze; éramos um. Na subida parávamos para descansar na sombra da mangueira plantada pelo avô do avô de Dona Maria da Maria. Sombra larga e com barulho de mosca e silêncio de cidadezinha quase longe. Vastidão e de novo vastidão. Minas Gerais. Quando criança, não sabíamos se tudo era enorme só para a gente, ou se o enorme era enorme mesmo para todo mundo, grande ou pequeno.

III

O buraco em que caiu o cavalo de sela preferido do Coronel deu fedentina para anos. Buraco catingueiro. Arapuca para bicho grande e morada do índio cacique que assombrava nas noites de frio. Eram histórias antigas que recontávamos. Uma história, mil histórias.

A trilha no meio do pasto: o cupim do camelo, a pedra do curral, o jequitibá: vinte homens abraçados não abraçavam o universo daquela árvore, mãe de todas as outras. Jequitibá Rainha.

Quanto mais subíamos, mais víamos o mundo mineiro. Matinho na boca. Dente verde. Gosto ruim de matinho na boca. Matinho errado.

No verão quase sempre chovia à tarde, e a chuva chorava sem lenço. Depois ia embora. Nascedouro de nuvens. Íamos para a gruta. Lá também morava o índio cacique. O índio cacique era popular entre a meninada. Quem tinha medo do breu da gruta esperava embaixo do jequitibá. Era assim. Era como éramos, como eu era naquele ritual dos domingos.

Naquele tempo, eu achava ser a encarnação de meu bisavô. Era a minha brincadeira séria.

Depois que um anjo pretinho de asas quebradas me disse que o pai de minha avó era eu, fiquei com vontade de voltar no tempo em Guaçuí, para a roça dos Fernandes, e passar três anos contados cuidando das galinhas, e das titicas delas alimentaria os peixes no açude e criaria dois bois e duas vacas, e faria um casamento de São Francisco com os animais, e convidaria Seu Rodrigo e Dona Eunice para trabalharem naquele mundo sem fim onde só o Ford chegava, desde que eu conseguisse emprego como motorista no Ministério da Fazenda.

IV

As flores desenhadas na saia de Cristina no alto do pasto da pedra. Cristina, meu primeiro amor, meu gostar infantil. Cristina nunca percebeu nada e nunca reparou meu olhar atrás das bandeirinhas na festa de Santa Luzia do Carangola. O povo na praça em noite de lua e luar.

V

Medicina juventude. Quatro lábios.

A boca carnuda e linda de Ervália era uma caverna de dentes e língua e hálito de cachaça e linguiça, e era convite e tinha cáries e rios de saliva e um aparelho que arranhou meus lábios no primeiro beijo. O sexo da Ervália era uma caverna vermelha de curtos cabelos e odores de todas as flores, que anestesiou meus lábios arranhados e por isso nunca mais quis sair de perto dele.

Escrevo porque é preciso, porque é impreciso, porque a noite me pede: escreva!, nesse momento em que tudo descansa, mas não você, nem as raposas de Lidingö, o urutau em Airuoca, a coruja do ártico que mora no sótão, a flox noturna, o Ganges, o Tejo ou os catetos de Tumucumaque. Seja esse que não me deixa dormir. Seja um entre cem mil que não se recolhem da tarefa mágica de escrever. Mágica e simples.

Escrevo sem pressa e sem pontes. Apenas escrevo o que sinto, o que desejo, o que deve ser escrito no momento em que escrevo. Minhas histórias, saudades, memórias, observações, serão fluentes em mil línguas. Apenas deixo meus dedos soltos nessa noite, meus dedos soltos nas teclas do computador, computador que ilumina meu rosto. Deixo-me cansar dessa luz; minha mão determinará a caligrafia nas páginas brancas ou coloridas de qualquer caderno, folha, ou da conta de luz antes perdida e não paga, hoje achada embaixo da geladeira e ainda não paga, esquecida há algumas semanas quando o dia escondia o desejo que essa noite me pede agora: escreva! Escreva para você, principalmente para você, e não pense no futuro. Não pense em estilo, não pense. Lembre-se do passado, de ontem, de mil anos, dez mil anos, de dois segundos atrás quando você estava na linha de cima, mas não pense no futuro. Por favor, não seja esse que pensa em livros. Escreva. Apenas escreva.

Edição: Adriana Maciel
Produção editorial: Jul
Revisão: Nicolas Casal
Projeto gráfico e diagramação: Cecilia Costa
Desenhos: Cabelo Cobra Coral

Dados Internacionais de Catalogação na Publicação (CIP) de acordo com ISBD

V154p Valente, Beto

A pupila recalcitrante / Beto Valente. - Rio de Janeiro : Numa Editora, 2023.

148 p. ; 14 cm × 19 cm.

ISBN: 978-85-67477-53-4

1. Literatura brasileira. 2. Romance. I. Título.

2023-2733 CDD 869.89923

CDU 821.134.3(81)-31

Elaborado por Vagner Rodolfo da Silva - CRB-8/9410

Índice para catálogo sistemático:

1. Literatura brasileira : Romance 869.89923

2. Literatura brasileira : Romance 821.134.3(81)-31

Este livro foi composto em HEX Franklin
e impresso em papel Offset 90 g/m²
para Numa Editora, em 2023.

contato@numaeditora
@numaeditora
numaeditora.com